"文学宁夏"丛书编委会名单

主　　任：崔晓华

副主任：庚　君　　雷　忠　　郭文斌

编　　委：漠　月　　李进祥　　闫宏伟

统　　筹：吴　岩

篝火人间

单永珍 著

作家出版社

单永珍，回族，中国作协会员，中国少数民族作家学会会员，中国诗歌学会理事，宁夏诗歌学会副会长。参加诗刊社第 22 届青春诗会，鲁迅文学院第七届中青年作家高级研讨班，作品被翻译成蒙文、藏文、哈萨克文、维吾尔文、朝鲜文、锡伯文及英文、阿拉伯文等文字发表，著有诗集《词语奔跑》《大地行走》《青铜谣》。曾获宁夏文学艺术奖、《飞天》十年文学奖、《朔方》文学奖、鲁藜诗歌奖等奖项。

文学是这块土地上最好的庄稼

崔晓华

　　塞上金秋，天高云淡，风清月明，"稻花香里说丰年，听取蛙声一片"。在这诗情画意的美好季节，我们满怀喜悦的心情，迎来宁夏回族自治区成立六十周年。

　　宁夏地处祖国西部，是中华远古文明发祥地之一、丝绸之路重要节点，优秀传统文化遗存丰厚，自然历史内蕴丰富多样，历朝历代文人墨客留下数以千计的诗词文赋，譬如人们耳熟能详的"大漠孤烟直，长河落日圆""蝉鸣空桑林，八月萧关道"等，表达了诗人或豪迈或忧伤的爱国情怀；宁夏是革命老区，1936年，红军长征途经这里，留下灿烂的革命文化，毛泽东书写了脍炙人口的光辉诗篇《清平乐·六盘山》。古往今来，文学的特质、精神的象征、家园的意识，深刻地嵌入其中，并且流传至今，仍在流传。"长风破浪会有时，直挂云帆济沧海。"岁月蹉跎，沧桑巨变，伴着九曲黄河悠远的涛声，我们回顾自治区走过的历程，一幅幅画面徐徐展开：艰辛、曲折、繁荣、辉煌。"思理为妙，神与物游"。宁夏大地半个多世纪所发生的翻天覆地的变化，回汉各族人民日新月异的生活，以及改革开放四十年，特别是党的十八大以来取得的新成就，让我们感慨、激动、振奋。对于宁夏文学，对于宁夏作家，这既是记忆，也是现实，更是根植人民、观照时代、承接历史、面向未来，而"出人才出作品"是最丰盛最具正能量的"活性因素"。

文艺的春天阳光普照。二十世纪八十年代之初，宁夏文学事业步入繁荣发展的快车道，宁夏文坛开始呈现人才辈出的可喜局面，其显著标志便是——"宁夏出了个张贤亮"（著名评论家阎纲语），脱毛之隼搏击长空，成为享誉中国和世界文坛的著名作家。与此同时，以张贤亮为代表的一代作家，用自己的成就和影响有力地带动和促进了宁夏的文学创作，以及宁夏作家群的形成，这是一支颇为壮观的、以青年作家为主力军的队伍，并且呈现出良好的势头；他们的作品给文学界增添了异彩，给广大读者留下了深刻印象；他们突破地域的局限，向全国文坛迈进，终于实现了宁夏当代文学的跨越式发展。

2016年5月，中国作协主席铁凝以《文学照亮生活》为题，将公益大讲堂的首课放在宁夏西吉县。原因是宁夏西吉县是中华文学基金会命名的全国首个"文学之乡"。宁夏的作家，有相当部分出自西吉，形成密集之势。西吉的作家们有这样一句话：文学就是西吉这块土地上生长得最好的庄稼。铁凝主席掷地有声地补充了一句：文学不仅是西吉这块土地上生长得最好的庄稼，西吉也应该是中国文学最宝贵的一个粮仓！表明了中国作协对宁夏文学的高度关注和重视。

生活滋养文学，文学照亮生活。

关于宁夏作家的成长，很有必要进行一次简要的回顾。宁夏作家大多数来自基层，出生于二十世纪六十至八十年代。众所周知，那时的农村和乡镇偏远落后、艰苦寂寞，长期生活在这样的环境中，经历的困苦和磨难充满了他们的记忆，在这样的记忆里，似乎是苦难多于欢乐，乃至重叠着父辈们流浪、迁徙的背影和脚印。但是，他们也有独特的优势，脚下是历史文化积淀深厚的塞北大地，这样的地气会潜移默化地影响他们的性格和气质，后来伴随着解放思想、改革开放的步伐，他们又接受了良好的文化教育，强烈地产生了精神生活的基本需要和诉求，而这种需要和诉求必须通过心灵劳作得以实现，他们因此怀有宗教般神圣和虔诚的文学梦想。于是，从二十世纪九十年代开始，宁夏青年作家经过多年的艰苦跋涉和磨砺，终于营造出一道亮丽的文学景观——以其朴实的生活经验和历史记忆、独特的生命感悟和言说方式，发出本真的、诗性的、充满灵智的声音，显露出文学突围的意义和价值。改革开放以来，宁夏的中青年作家，一方面由于长期浸淫于西部的人文气候和特殊的历史文化环境，另一方面本着对传统文学资源的信仰和坚守，使得他们的作品在书写和表达上，继续保持着古典文学特有的诗意，以及民族语言特殊的美质。尤其重要的是，在全球化语境下，宁夏作家不跟风、不时尚、不焦躁，内心安静，他们通过带有浓厚的地域性、本土化的写作，以及对西部整体的文化关怀和持续不断的挖掘，呈现出来的是西部大地上的传统与现代、历史与现实、敏感与顽固、苦难与信念、理想与追求，是西部人的宽厚、隐忍、执著、抗争、牺牲，等等。同时，他们的作品由于客观、真实的叙写，因此又有着社会学、历史学、民俗学的意义和价值。正是他们对传统文学资源的坚守和继承，从而取得了令人瞩目的文学成就。宁夏作家群的形成和崛起，以及他们的人文立场、精神向度、情感因素和创作风格，不仅预示着西部文学的广阔前景，也不断丰富着当代中国文学的意义系统。

概括地讲，这六十年是宁夏经济社会发展取得辉煌成就的六十年，也是宁夏文学不断繁荣兴盛的六十年。作家队伍生机勃勃，新人不断涌现；文学创作空前活跃，高潮迭现；文学作品硕果累累，产生了一大批记载历史、见证变迁、叙写西部、反映时代、宣传宁夏的独具特色的优秀作品。

庆祝宁夏回族自治区成立六十周年之际，我们编辑了这套二十卷本的"文学宁夏"丛书。这套丛书的出版，是宁夏文学事业的一件大事。宁夏文联高度重视，几经酝酿，广泛征求意见，本着好中选优的原则，给予确定。入选该丛书的作家系"60后""70后"和"80后"，既有作家、诗人，也有评论家，他们创作的优秀作品情厚境美、韵味深长，具有浓郁的生活气息、地域特色和时代特征，有的荣获鲁迅文学奖、少数民族文学创作"骏马奖"、庄重文文学奖、茅盾文学新人奖、《人民文学》奖、《诗刊》奖、《小说选刊》奖、《十月》文学奖等重要奖项，有的多次荣登中国小说学会年度排行榜；有九名作家作品集入选中国作协"21世纪文学之星丛书"；大量优秀作品被国内有影响力的期刊和选本发表、转载和选入，还有相当部分作品被翻译成多种文字推介到国外。这套丛书的出版，是宁夏中青年作家的又一次集体亮相，也是对宁夏文学成就的进一步展示，旨在精要地反映宁夏文学的优秀成果，以便读者能够比较全面地了解宁夏文学创作的基本面貌，为研究者提供较好的选本。这套丛书的出版，也是给宁夏回族自治区成立六十周年的献礼。总之，这套丛书的出版，意义重大。

　　"好雨知时节，当春乃发生。"宁夏地处西部，西部是中国文学的广阔沃壤。人民是大树，作家是小鸟，小鸟只有栖息在大树上，才能够自由地歌唱。在此，真诚地祝愿宁夏作家们以社会主义核心价值观为统领，秉持以人民为中心的创作导向，绽放更加绚烂的文学之花；真诚地祝愿宁夏文学沐浴着古老黄河的神韵，乘着新时代的强劲东风，向着中国文学乃至世界文学的浩瀚大洋奔流而去……

　　　　　　　　　　　　　　　　（作者系宁夏文联党组书记、副主席）

目录 CONTENTS

卷二 长短句：蓝调合唱

卷三 谣曲：野地副歌

卷一

山河：落日背影

贡嘎雪山：悼亡

我爱你，川西高原，这里是躲风避雨的好地方
我爱你菊花般乳房，狐皮嫁妆
给最小的女儿取个名字：仓皇

你只需要一片安宁之地，生儿育女
在温暖的火塘边喝下一杯粗茶
在没人的时候偷偷回首

如果我说出一些人的名字，你的眼神
显得麻木、空洞，好像记忆丢失在风里
好像一个年长者得了噎食病

这是木雅人游牧的高原
贡嘎雪山上，陈旧的白发掩盖了秘密
逃亡者的脚印里鲜花遍野

我什么都不想做，只是——分辨

这些牧人中，哪些是宁夏人，哪些是甘肃人
哪些是路上长大的混血儿

我只是看见，部落的村支书罗布次仁，戴着白毡帽
含混不清地咒骂着发情的山羊
他一挥手，一鞭子把落日抽到贡嘎雪山的背阴地

南迦巴瓦：仰望星空

——致故国

大地已经安静，大海已经退潮

就连冰川都肃穆下来，抬头仰望

语言盛开的天空。我仔细辨认

那些吐火罗文，回鹘文，佉卢文，契丹文，西夏文……

一个个庞大星座边，长满茂密传说和生死离别

我相信圣灵之石的召唤，南迦巴瓦

故国是锈迹斑斑的船，漂流在雅鲁藏布江上

携带着烽燧、兵戈、史册以及采诗官的木铎

低处的人们相互告慰，为逝者煨桑，为生者舞蹈

为英雄们在圣灵之石上刻下名字

而繁星点点，那是苍生的眼睛，在相互中取暖

八千里河山，不，应当是五千年的血缘疆界里

圣贤们依然活着，比如庄子、成吉思汗、宗喀巴……

悄悄睡去的，是我丢失在不同朝代的

骑马、折柳、荡舟、拾掇女红的情人

南迦巴瓦，我修葺着那座废弃宫殿

居留下来。在通往天堂的道路上

种花，酿蜜，再把一个个倾斜的鸟窝扶端

给相思男女，纺上一捆红线

手牵着手，回到害羞的草原

玛多神山：光阴的故事

——致青春

分不清是雨还是雪，但能分清十三次失败的爱
分不清是湖泊还是海子，但相信泪水总是咸的
我的玛多、我的乖乖、我白日里哭泣的睡梦
六月的高原上，一个人向你说出
失败只是一道伤，最美的花海里会有必需的药

你一直陪伴着我，在史诗故乡
荒凉内心里有歌声响起。贫穷的时候
我只会唱响一首歌，献给你们——
那些散步的斑头雁，玩耍的蝴蝶，私生子的旱獭
还有英雄的秃鹫为了生活四处奔波

我要承担多少忧伤，才能匹配你寒露为霜的阅历
六月的黄昏，寒冷渐渐逼近，大地昏暗成糊涂的爱
像格萨尔的妃子们，手拉着手，钻进帐篷
去温暖一个人的心。而我独自在路上
在扎陵湖和鄂陵湖之间，黯然神伤

不愿回首曾经的脚步，尽管我依然爱着你
我只能对自己说，勇敢一些，再勇敢一些
所有失败，只需一把向上的力量，在玛多山巅
只需为自由祭献自己。并且永远相信
那十三个若有若无的神灵，会记录罪过和功绩

梅里雪山：隐忍

——致远方

彩云飘飘，真的，彩云飘飘在云南的头顶
安静的怀疑，冷静的审判都会在这里发生

我喊着远方，心里种下梅里雪山妖媚的名字
让她发芽，催促着不死的爱，在海拔五千米燃烧自己

我是一个心灵囚徒，在天堂里诅咒，地狱里赞美
骑着一匹村庄的害群之马，走州过县地忏悔自己

我在公社的黑板上写下：
"当我沉默的时候，我觉得充实；我将开口，同时感到空虚"

只要不是指鹿为马，但请不要说破
这是一片含蓄的土地，因为羊群就是羊群，鹰就是鹰

那么就反穿羊皮，沿着鹰飞的道路出发
只给心灵找一个革命理由

我一无所有，我已删除了背信弃义者
学会了原谅，对那些妖冶的荨麻草和狼毒花

但我拥有自由的牙齿，批判的双腿
讨伐一切的墨镜和面对不义的热烈

如果你愿意，亲爱的，请牵着我的手
一起远行，让梅里雪山做证

就让彩云飘飘，尽管我衣衫褴褛
只为赤身裸体和你奔跑在高原

雅拉香波神山：雪莲旁的偶遇

看哪，寂寞的盛开是多么纯粹

看哪，雪的女儿一袭素衣向你走来

我抱着你，雅拉香波，在冰川遍布的荒原

独自享受一弯清凉

没有了广场、集会、钩心斗角的宣言

远离喧嚣，远离背信弃义的人群

守着风声、巨石、天空和自由

不谈主义，无所谓人生

我只操心一只蝴蝶奔跑的速度

想象它的前世与来生，渴望与诉求

（——是不是风磨秃了翅膀

是不是阳光烫伤了脚）

我知道，没有人会对一只蝴蝶进行道德审判

更不会为它的命运担忧，只有我

在这胡天胡地的雪山上，仅仅看见

一只疲惫的蝴蝶，一脸肃穆

在盛开的雪莲旁，脚步声越来越轻

嘴巴嚅动着，仿佛修改着般若颂

仿佛断头台上的义士

神秘看着我

雅拉香波，一朵雪莲的盛开是寂寞的

雅拉香波，一个人在世上是荒凉的

喜马拉雅：高处的声音

"卸下所有的悲哀，在风起的日子

做一个俗人，满嘴粗话，说出深藏的名字

"是的，不要神圣，世上的爱情

就是为了一次别离，一次折翅的休憩

"我深深怀念沸腾的肉汤，还有

隔夜的誓言在一本经书里灰心丧气

"啊，人生本来就没有高度，你全部的奢望

只不过比喜马拉雅高出一米七八左右

"我还是走不出她的背影，云朵之下

《金刚经》憔悴成一捧灰烬

"是否需要处子的声音，在风起的时候

囚犯的辩驳会被阳光超度

"山下是人民、药材、史诗以及风干肉
你只是其中的一部分，带着烟火和粗糙的美学

"而那些罪恶呢，你看，雪豹拒绝在哲学里取暖
只为表露对逻辑的不屑

"如果一个喷嚏让草原落下一场雨
我宁愿献出全身的血

"放弃那些虚伪的修饰，肉麻的颂歌
你需要完成自身的革命和造反

"必须忏悔，在人间的高处
我激烈咽下牺牲的羔羊和图腾的牛胛骨

"嘘，不要高声喧哗。理想和主义
被一个人的絮絮叨叨混乱了秩序"

念青唐古拉：云朵的森林

辽阔其实是一种简单
那一坨一坨的阴影
在午后的光线里，绣花成林
为那曲小镇
增添一餐秀色

我只想在一棵树下看看远方
藏北高原，中间是父亲的念青唐古拉
不远处，就是兄弟藏南
小学三年级的德吉央宗
学习禾苗、树木、森林等单词
她迷茫的声音
仿佛只能绿成辽阔

我什么都不想做
只想来年
种下一棵常青树
以念青唐古拉的云朵为例

唐古拉

一边是西藏的盐，风清月白
一边是青海的茶，抽刀断水
一坨酥油就是经年不化的星宿

穿过青藏铁路的藏羚羊卸下惊恐
唐突的马，翻晒爱情
一群巡逻的鹰列队向落日敬礼

识读埃塞俄比亚人笔下的油画
黑的花朵，黑的牧人，黑的太阳
更黑的是蚊子精液汹涌成河

以及发表在黑板报上的抒情诗，赞美如蜜
空虚的城市青年，用长满青春痘的嗓子
喊沸一眼错误温泉

如果创造逻辑，必须让蒙古马镫回到石头

让失明歌手咿呀学语

让格桑花沦丧成一片森林

我所说的冷峻，是白发披肩

是浑厚男中音中途转折

是一次婚约慢慢变老

比如，青海扎西家的帐篷里

住着西藏卓玛。再比如，拉萨商人

说着一嘴康巴语

这是唐古拉山一日。山巅上的历史

飘过溪水

深刻念叨：日月

年保玉则神山：修远

秋风酿酒，踉跄的草是清醒的
匆忙赶路的甲壳虫也是清醒的
鹰隼的道路来自天空，它上升、下沉
肯定有一些羽毛掩埋了脚印
我习惯了这种飞翔，并且知道
鹰隼是清醒的

年保玉则神山，仁波切的声音随风马旗飞舞
我一无所有，只想在孤寂的时候享受孤寂
我看见，岁月是一次无法修补的错误
但只要孤寂是清醒的，只要对美不造成伤害
我回过头，喊着自己丢失的四十个名字
但只要和孤寂一样，思念是清醒的，还有自由，尊严……

喀喇昆仑：秘密札记

落日靠在喀喇昆仑的眉骨间

显得犹豫

显得羞涩

她觉得自己怀孕了

她尚青春

她厌恶大腹便便的丑

喀喇昆仑闭上眼睛

装作什么都没看见

昆仑昆仑

千万不要说出：昆仑昆仑
就像一个通灵孩子看见了神
他说：昆仑昆仑

阿尼玛卿山：蓝色副歌

七星高挂的青海，因为爱，我再次面对阿尼玛卿
一朵瘦弱的雪莲，因为爱，我抱着黄河悄然入眠

一群东张西望的野牦牛，走上公路
感恩的青稞地里，藏着冬天的火焰

我在一块石头上刻下你的名字
连同孤独，放在村落高处

在路上，看着远方，不一样的风雨
吹打着我的骨头和身体里的雪霜

这些年，来来去去的车辆
载走烦琐的香水和四季变化的汉语

如果在此刻抒情，我一定会说
背水的桑吉，你是我命中的姑娘

但我的情歌已经远去，渐渐苍老的面容
挂在阿尼玛卿山巅，扭曲，变异

我简单爱上了小酒馆，羊皮大衣，藏银饰
甚至无耻爱上狼毒花、牛粪和甲壳虫

这样的生活在午后时光大面积出现
使我的脚步声摇晃，糜烂，大声哭泣

是的，我如此热爱，爱上发芽的酒曲
爱上一个人弯曲的手臂，以及梦呓

这是男人的阿尼玛卿，他的身后
是一堆情书堆垒的羊圈和鹰巢

靠过来，慢慢靠过来，用你的身体
湿润我已干燥的朗诵

卡瓦格博峰：雪山之神

"孤独是一堆腐烂的银子，照耀着恩情、信仰
而妖娆的修持在雪山之巅大音希声"——

这是遗失的一捆道歌，饱含生活的热度
还有悲伤（一捧向下的火焰旁，堆满圣洁的骨头）
那些信徒、游客、盗墓贼、二道贩子……
放弃了尊贵、羞涩，约会，在星宿上
挂满经幡、图画，无法言说的罪孽
他们学会了抒情，悔恨，在嘛呢堆旁
无知地朗诵——
"香格里拉啊，雪山之神"

卡瓦格博，梅里雪山磨牙的女儿
玩耍银饰，抚摸雪豹的胡须
她把烈日还给天空，黑发还给青春
让落日下的寺院穿上黄金
在睫毛上放任肆无忌惮的辽阔

使澜沧江调皮成一挂长长的忧伤

并在睡梦中拆解了羊皮经书

"在路上，我和你相遇，钻进别人的帐房

佛法无边啊，但你是我的念想"

墨尔多神山：梦中的空行母

我获得了拯救，并且伤痕累累

并且深深知道：美是一场钻心的疾病……

就让我一寸一寸爱着你，在墨尔多神山怀里

写下颂词、光明、体温，抒情的月光

带着霹雳、羊圈、酒缸以及颤抖的罪恶

在草药遍地的路上，用低分贝念诵

幼稚的情书

这瘟疫般的相会携带错误的标题

我坚信，你已经睡醒，在夏季牧场的石头上

煮茶，晾晒糌粑，把废弃的光阴

穿在牛皮绳上。并且伸出双唇

拍打我舌尖上的疲劳，并且

在我的身体里抽取舍利，哪怕是

一颗穷人女儿胸前的佛珠，带着

曲线和简单的美丽

我被一场白日梦勒醒，目击到的是
一朵修辞的蘑菇渐渐变黑
而你含露的嘴里，喃喃自语
"你欠我一座肋骨修的灵塔"

苯日神山：通往天堂的树

林芝偏南，一片树叶传唱古老密咒

雅鲁藏布江洗净心上的尘埃

随一江秋水而去的是一树的倒影

我来到苯日神山脚下，满含泪水

倾听一个苯教徒叙述一个部落的历史

他豁掉的门牙里暗含荣光和失败

我知道，那棵通往天堂的树需要天庭的养分

而一声苍鹰的鸣叫更加瘦骨嶙峋

大地上繁衍的是酒精的阴谋

是的，当蝴蝶在树枝上打坐，吹响法号

我看见那个叫阿穷博杰的寂寞身影

像我苍白的传记，留下失望和伤痛

必须要面对河流飞翔，草原宁静

我来到苯日神山顶峰，学习一棵树的卑微
一如卑微的我遇见卑微的姐妹

而此时，没有虚构的落木萧萧，只有
一片又一片的叶子，在风的经诵里离去
像那些腐朽的家伙，回到土里，盘算牛肉与黄金

我要忍住泪水，否则运送羊皮的拖拉机
会产生高原反应，也会把异域的咳嗽
带回到心跳的帐篷

措哇尕则山

那些无名的草、花朵，还有醉生梦死的风

一定在记忆的呼喊里藏着神圣

我以为，4610 米的高度，不过是

对你思念的浅浅延伸

穿过措哇尕则山巅，一边在扎陵湖里放生

一边在鄂陵湖草甸上生儿育女

当疾驰的雁修改了方向，背阴的翅清扫出道路

我仅仅读完格萨尔成长章节

如果抚摸记忆，或者美化一次经历

那些商贾、僧侣、朝圣者、零星的土匪

塞满唐蕃古道的杂乱方言，无疑是伸张正义的创举

黑夜的帐篷里有人篡改典籍

不妨在大河源头张望，哪怕是一次抒情

这样的歌颂、赞美，肯定隐匿着虚荣

如同拍卖了良心的爱情散文，在过渡段落里
留下背信弃义，以及赤裸裸暧昧

我相信这四季分明的邂逅，来自苍白，丧失——
翻飞风马旗，破烂经幡，还有散步生灵
我所关心的是，一只酣睡蚂蚁吐着白沫
一层无知的锈遮蔽了扎陵湖的蓝

高天之上，大河之下
废弃的王朝带走细节，留下人民、文字、语言
在日全食黎明，在圣灵沉睡深处
亘古的罗盘指东道西，盘算着光阴和信仰

尕朵觉沃

不要在史诗路口伤害春天
不要在藏历新年埋葬自刎的鹰

荒凉内心装着人世，一挂马车
载走前世婚约和后世孤独

向上一望，稀薄空气里众语喧哗
隔夜标语长满石头

尕朵觉沃，一道醒目闪电
照亮疼痛，一次问候玉树临风

把内心寺院拆除，还原俗世的爱
把无知力量消解，重建道德

我绝对相信，有一种凌空虚蹈
在黑鸦脚程里充满意志

至于那些雪白、漆黑、赤色大地
宗教唱诗里出现空白

如果是午后，如果是清洁的手抽风
不妨看看丧家的地主家的牦牛长吁短叹

尕朵觉沃，一次脱胎换骨相逢
需要一道闪电把善意写进书卷

那个叫则热的活佛，体型宽大
面目黝黑，他对酥油热爱胜过经书

我翻阅陈年玉树州志
那些数字，那些叙述沾满檀香

这是青海的下午，青海春天的下午
逃亡历史独自拥抱此刻时空

我只在清冽光线上磨砺一把斧子
在一堆篝火旁享受疾病

抓喜秀龙之侧

落日之黑似一猛士撞击天穹而雷声阵阵

黄金寺院
一个女香客手里
藏着成吉思汗的马蹄铁

节日草原上就连芨芨草都说着普通话

抓喜秀龙草原的午后

它用热烈修饰灿烂，走马的消息
沸腾在牧人的风干肉里
草尖上，格萨尔的伤口
让政协秘书长扎西尼玛的解说有些慌乱

这是抓喜秀龙草原，青藏高原最东端
几丛苏鲁梅朵私下里开会
商议着茶马交易，以及一匹失败的走马
满脸羞愧地躲进青稞的阴影

柔旦尕擦寺院，鲜花颂唱，这些
阳光与风的子民，绽放神圣之美
念经的阿卡，放下经书，喝一碗酥油茶
听着汽车的喇叭声，会心一笑

来自远方的方方，惊讶地看着走马的脚步
她实在想不通，马踏飞燕的造型

竟藏在抓喜秀龙的草丛中
让约会的蜜蜂，高声朗诵一首情诗

午后。抓喜秀龙草原。万物生长——
我醉卧阳光的手掌，磨牙
回到章嘉活佛万人空巷的讲台下
静听相思一章

马牙雪山（之一）

一个信仰沦丧的人，在雪山下偷情
当一个败家子反穿皮袄，打马经过时
一场最小的雪崩在春天发生

雪山脚下，羊肉与青稞的交易继续进行
那些最先出生的青草，一身腥气
它们交头接耳，看着龇牙咧嘴的落日

旅行者的烟蒂、贩夫走卒的劣质酒瓶
摇滚歌手撕心裂肺的嗓子里
咽下一颗要命的门牙

像一幅混乱的油画，涂满春天的油彩
藏族诗人仁谦才华挥舞着革命般的手
抽打伪浪漫主义者的现代下半身诗

但远处的帐篷里，牛粪火正旺
我用一块砖茶和一条哈达
换取草老尕妹一杯热腾腾的酥油茶

马牙雪山（之二）

我唯能献上的是几朵雪莲。饥饿的马牙
你陈旧的白发浪费了草原的青春
一根声名狼藉的鹰骨把生活的谱系捣乱
谁将虚构的情节推翻

不要谈论青春，我邂逅了你的龇牙咧嘴
高高在上的雪莲是一场错误。只是——
假如给河流以正确命名
假如一匹梦遗的马深含幸福

马牙，马牙。我输掉江山换来一次爱
如果你的族谱里收容我的失败
内心的暮色何尝不是最后的墓志铭

马牙，马牙。睡梦里的白银在天空闪烁
在历史的午后
哦，你马奶般的身子已进入隐喻

毛藏草原一夜

在醉生梦死的天空下剥离端庄

那些柔软的草，梦以及夜露。星宿争辩的草原上
一次鬼祟的私密让毛藏河片刻宁静

酥油的帐篷，膻腥的辫子。牦牛的皮鞭挂在墙上
你无知的轻佻会在一个姑娘的蔑视里
灰心丧气地抽打原始的罪恶

哪怕你讲述仓央嘉措的情史，或者格萨尔的妃子
你口若悬河的炫耀会在这个夜晚失去读者
那些城市的生活哲学让你的虚与委蛇
暴露在月光温柔的审判里

我在这样的虚空里面对一朵格桑
她饱满、热情、略带羊膻味的歌声
似乎在赞美远处的空行母。她莲花般的身子

携带黄金的史诗和一夜的潮湿

是的，这是你的草原，我只是自我流放的戍卒
一夜过后，留下暗含的伤，挂满草尖
在寂静的毛藏草原

我选择忧伤的角度拥抱你，然后离开
这是农历七月七，野史里最重要的一笔

抬头发现，屋顶上端坐一只撒尿的鹰

一把匈奴弯刀

我常常怀疑

我醒在一个消失的年代

我梦见自己的血

洒在戈壁慌乱的位置

我试图从那里

把灵魂取走

像从一座刚刚拜谒过的纪念碑旁

取走一把匈奴弯刀

而时光的门槛让我退缩

但我并不怀疑

在博物馆的玻璃窗前

那把舔过血的弯刀

试图割取

我的青春

以及

卑微的命运

风吹肃南

一束流云。衰败的草原上秋天毁灭
两个懒散的人。谈天说地
四面八方的消息在酥油茶里热烈沸腾

八面墩的冬窝子，命中的女子语言灿烂
油菜地像一场集体婚礼，奢华，糜烂
如果大雪尚远，道路通天
她骄傲的散辫上肯定欲望弥漫

风吹。肃南的肩膀上卸下生活的减法

醉生梦死的猎手兽皮里睡眠。一夜磨牙声响彻
无赖的青稞被唤醒灵魂。两个酒缸充满了呼吸
而大地的经书上镶满三六九等的醒悟

当沉睡的黑熊麇集于游牧的嘴唇
当突厥和蒙古人的交谈被普通话打乱

主啊，你预言的章节里狼毒花泛滥
部落的交易毁于一次秘密谈话

肃南二十一世纪的牛仔裤边角磨损，肌肉翻飞。风吹——

肃南的下午

给尧乎尔姑娘梳头。给拉萨的贺中写信

给铁穆尔的千年史做出注释

给操着突厥语的早产儿安下汉名

此刻，一树桃花商量着婚礼

一只遮面的蜜蜂，羞愧地走在广场上

一个呼天抢地的醉汉，练习着飞翔

如果在一匹马鞍上摘下路程

在羊背上取走祝福，在头狼的眼里拓下方向

在圣诗《西至哈至》中回到故乡

这一定是肃南，暴露在张掖电视台的头条新闻里

一副慢条斯理的中亚细亚语气

几个别扭的繁体字缺竖少横

狼毒花开的声音

狼毒花开。蝴蝶的宗教盛开在草原的私处

一场泛滥的风暴，来自蜥蜴的咳嗽

一书废弃的契约，在咒骂声中结盟

一次臭名昭著的革命，诞生下香毒

一通胡乱的情欲，破坏了姓氏的族徽

一束秘密的信札藏在腐烂的羊毛下

黎明的挑衅贯穿着河西走廊的神经

焉支山酣醉的蝴蝶在狼毒花上抽搐

夏日肿胀——

狼毒花开。苍鹰咽下的是一片无知鸟鸣

马踏飞燕的记忆，源于一顶帐篷的失贞

口中喷火的哈萨克男子，一夜惊心动魄的逃亡

尧乎尔唾弃的中秋，一句古老祖训

铁穆尔嘹亮的民谣，是一篇散文的凌乱章节

篡改的史书里略带狐骚

黄昏的安谧深刻于打骨草的药香

唐突的滑翔止于雪线以下的秘闻

秋日漫长——

再一次目睹飞天离去

再一次目睹飞天离去。莫高窟的墙壁上
抒情的经卷记录着空位的痕迹

色目商人的骆驼嚼盐，他殷实的钱袋
是垂头丧气的新娘放弃的方言

"我不爱名利，不爱奢华
只为一次爱情历险"

一池月亮。月牙泉里藏着天堂
公蛇的孤独来自慌张的忏悔

请不要相信俗世的光阴，闭关千年的等待
只为灰心的逃离

当衣袂飘飘的素手扯走秋风
莫高窟下：夜晚的集会开始降温

你不会在日子的眉批上同时写下祷告和仇恨
你失望的朗诵是对异性的崇拜

那些麻木的游客，古老的小偷
一次心跳的阅历上镀满了羞愧

但来自青海的阿朝阳，一脸虔诚
他在恢复吐谷浑大迁徙的线路图

"河西，祁连，柴达木——失败的亡魂
割草，摘药，喂养破伤风的早晨"

觉悟的脚印穿过沙漠
敦煌研究所门前埋下记忆的绝症

再一次目睹飞天离去。我原谅她暧昧的身世
甚至原谅芦苇喧哗的冷冷造访

骊靬古城

古罗马走失的刀子。骊靬
当我抵达你的渴望时，意甲联赛正在疯狂进行

骊靬古城。你向西的睡眠是一次对故乡的回忆
你忧伤的青稞是一次征服的创伤

如果意大利通志残缺着记忆
如果对自己的肤色不再怀疑

今夜。安静的黄泥小屋里
甘肃永昌农民张永贵向我复述别人发现的家史

——你看，意大利的狂欢
你看，河西走廊的霉暗

是啊，上帝把惩罚的鞭子
一不小心遗落在巴丹吉林的边缘

马鞭草盛开在骊靬人的后花园

一地小小的蓝，带着渴望和想象
盛开在宋国荣家的后花园
他青灰色的眼睛被马鞭草的蓝
照出一汪泪。瞩目向西，再向西
从帕米尔高原、两河流域、地中海
仿佛有故人在古罗马斗兽场寻找失散亲人

这位甘肃省永昌县文化馆普通职员
一头红黄卷曲长发，飘零在寂寂风中
他在推演自己的家史和种族的血脉
但群山、戈壁、大漠、绿洲，不经意间
阻隔了气若游丝的一脉残线

他知道，父亲的父亲，就在这里种田、放羊
永昌县者来寨的一瓦屋檐下
歇息着马帮、驼队、以物易物的贩子
令人疑惑的语言让正午的阳光焦黄

而古老史册里，印度人、波斯人、罗马人、突厥人
西去的匈奴和东来的商旅
在者来寨种下胡萝卜、葡萄、花椒树

宋国荣研究着一门生僻的学问——
自己的肤色、眼睛、头发，还有面容的来历[①]

焉支　焉支

一坡生锈的阳光镀在蝶翅上
一个被遗弃的匈奴皮囊，一丛失恋的花朵

是的，他们说着自己的语言，驯马、猎鹿
他们把黑羯羊祭献，用奴隶的女儿换取烈酒

当遗弃的马刀被重新锻造、命名
那些闪光的金银，是献给阏氏的初夜赔偿

胡天之下，没有一次爱情被千古传颂
但他们生儿育女，传宗接代，留下原始的血统

要知道，神明端坐在露珠上
一次小小的背叛会被阳光的咒语惩罚

没有人歌唱油菜花，或者鹰
一块经久抚摸的石头成为内心的宗教

而你千万不要说出那张狐皮的来历
但你可以砍伐古木的锈

我知道，谁在马厩里完成一次革命
谁在异族人的刀口下读懂先知

焉支，焉支，羊水溢
焉支，焉支，风破城

公元 2007 年，一个脑袋糊涂的人
搜集腐烂的心灵细节

海藏寺

一挂陈旧的勒勒车，运送骨殖
药王泉边，汲水的尕藏看见了布达拉宫
而我所经历的是：一只乌鸦啄开的黑暗

海藏寺。六字真言被西夏人阅读
天祝的石壁上
那只风吹雨淋的牦牛
驮着经书
一路走过超度的千年

海藏寺旁。牛挤奶
羊下羔
一盏酥油灯下有人忏悔

花草滩

花草滩上无花，这是事实
花草滩上只有黑白相间的羊群
啃食光阴

往往会有不设防的致命邂逅，如果假以时日
我会爱上岩画上的女子
她柔情似水，蜜语甜言
只是，时光啊——
被黑风吹散的长城垛口下
爱情的毒药，来自
一次失身的记忆

这些猝不及防的细节，多像
羊与青草的盛宴
至于花与非花
在这个广大的草原上
无关紧要

在汉长城垛口

如果给垛口砌上篱笆，给空气种下膻腥
我相信一株狼毒花的香气会被风吹走
如果一粒盐在草根隐居，一把泥土黑暗了星宿
我知道两种方言的交易会成为罪恶

当六月的雪缝补了道德，一只鹰怀念青草
一场胡天羌地的革命沦丧了一个家族
八百里的狼烟啊——
今夜我写下的是：驼背上的羊皮和丝绸

那个在羊颊骨上刻字的牧马人
来自原州。他热爱泥土、女人
他把一方伪造的印章埋在长城的垛口下
他的想象来自弥天大谎

如今，我发现——
一只土拨鼠沮丧地站在垛口上
抱拳远望

马场的夜晚

没有听到马嚼夜草的声音

这个夜晚注定被孤独包围

夏草正胖，躲在肥叶子下打鼾的夏虫

是旅行者遗失在大地上的标记

山丹马场。光荣与梦想已经生锈

万马嘶鸣的图景被时间风干

那只隔夜的蝴蝶

已经忘记马蹄识香的手艺

事实上，当载重的卡车穿过马场的夜晚

我分明看见，低矮马棚上的尘埃

和几只小兽四散而逃的痕迹

仿佛是一次战争年久失修的地图

噫。勇士之手——

竟挥不动二十一世纪轻浮的皮鞭

从银川西眺

一座繁华的陵园。银川
一院狼狈的宫殿。武威
从银川西眺，草原上的小丑在沙上朝觐

隐姓埋名的商人烧掉字典
他不会说出光明的拓拔，以及裁缝的图纸
在巴丹吉林，骆驼草下埋进一囊黑河之水

旦马的露天饭馆里，叶舟的骚花儿
让回家的女学生面色绯红
醉酒的吐谷浑牧人以为听见夺命的蒙古长调

你看，那只沿着飞机的尾气飞翔的鸽子
在天空胡乱地涂抹出：平安
几个发霉的老汉蹲在烽火台下打发时光

而沙漠里发情的公驼

被动物园尊为领袖，他的部落
是一群开屏的孔雀和懒惰的天鹅

从银川西眺，李元昊的耐心被秋草刺破
几片桃木上，两个说着党项语的妃子
躲进《西夏史诗》的羊圈里，品尝蓝带啤酒

尕拉尕山垭口

"你在尕拉尕山垭口可以蔑视神圣
但要尊重卓玛家生活的牛粪"

不要空谈艺术
那些大面积真言铺天盖地解读着笔画

她邀请我喝奶茶，甚至羞涩地笑
那么手抓肉呢？这与道德无关的生活每天来临

当红旗的越野车喘着粗气。
我看见他绛红色脸上写满了虔诚

他说："敬仰天空，哪怕是遗精云彩
流窜空气会改变一切。"

但当你在尕拉尕山垭口，那口紧张呼吸
会让人遗忘真理

要学会拒绝，就像我学会拒绝红旗的摄影
他总是想把我变得崇高

这一切逃不出阳光镜头。我吃着糌粑
举着治疗胃病的矿泉水，说出刚刚学会的藏话：欧亚

真的，当你沿着仓央嘉措走过的那条线路下行
你的内心会闪过一群牦牛野合

尕拉尕山垭口，我诵读俩伊俩罕，印拉拉乎
一群迅疾斑雁投向湖心

那群获得了安宁的斑雁，朗诵并且歌唱
而一个人发肿喉咙开始发声

尕拉尕山垭口，一页散落经书
就像我唱读的二章民谣

青海，青海

车子穿过黄土高原、戈壁、沙漠、丘陵。青海的兄弟说着
　　草原，比如说朝阳，用土族话说出，巴里坤、呼伦贝尔，
　　一股互助的腔调。然后一壶青稞酒沿倒淌河向南飞去，
　　我的耳边依稀记得两个字：草原
是的，格萨尔马蹄已经刺破了我的眼睛

当我不小心穿越了果洛、玉树，悄悄念出
唵嘛呢叭咪吽

从穆罕默德到释迦牟尼，两个高人谈话，漫天响起，他们
　　说着生活的语言，包括爱……
这时，一阵救命雨同时淌下

尔萨、哈什木、罗布次仁、扎西才让，四个结拜的兄弟
在玛多粮食宾馆谈论羊皮生意

我无法安眠

你这绝命海拔

我可以邀请所有兄弟直扑果洛，因为那里有酥油茶，手抓
　　肉，还有曲拉
但是一个鱼贩子会在宗教法庭上受到审判

说出盐
说出藏、土、撒拉、东乡、蒙古包括逃亡的西夏

二十一世纪青海湖诗歌节上，美酒如池，大腿林立，以色列
　　诗人的发言充满了谬论，但是颂声一片
我知道什么叫媒体，就像青海湖盛开的油菜花

悄悄地从青海大地上穿过好像穿过了我的故乡
"洋芋花开（者）白花花，我把你（者）想下。羊肠子吃下
　　一身的劲，今晚上把你美下"

玉门的啤酒花开了

七月流火。六月淌下的是一抹大面积的陶醉

在玉门，颓废的油田上旗帜萎靡
那座铁人的塑像
被写进王新军的小说章节
但在马兆玉的诗篇里，他种植、经营——
北纬线上热烈的爱情浓度
河西走廊酡红的啤酒花
一如遥远的胭脂
魂不守舍地洇开一坡民谣

我真的看到啤酒花开了，在玉门
胡天之下——
卡车司机议论着中东局势和国际油价
而酩酊不已的阿克塞牧羊人
醉看一个大肚子工人

推着一车啤酒花，朗诵《诗经》

"——噫，这个样子嘛
好工人的不是"

在雅丹地带穿行

破败的宫殿。驼唇。流水的道路，以及一片回忆的白雪
一个大陆疼痛的骨殖和 2009 年的美元一起贬值

在固原发往伊犁的公共汽车上，我像一个仓皇退位的皇帝
看着远逝的江山和一个个面若桃花的妃子欢天喜地

甚至是一些恍惚，一条丧失尊严的癞皮狗
唐突的声音里有些与时俱进的无奈与哀泣

不要无理取闹，繁荣的草场隐藏在碱里
突厥的坐骑目带惊慌，留下一串悲哀和踉跄

不要虚构，美学的镜头里滴着隔夜的胆汁
《国家地理》杂志的插图狼藉一片

"——嘘，在无风的日子，你不小心会掐疼一个梦境
会给一座土丘安下名字、个性、爱好连同唾弃的生殖"

"有雨是饥饿的灾难，会让失眠的上帝失去耐心
会让愚蠢的蚂蚁毁灭罪证，让意义呕吐"

如果说起它们，那肯定是黄金的庭院，在干旱中休克
是一条河流献给大地奔向天堂的阶梯

如果蔑视秋天的教科书，你必然敬沙粒为神明
在一首中亚的谣曲里喃喃自语，指手画脚

然后是痛失哲学的乞丐，面对潮湿的逻辑
圈地为牢地捡拾内心的空虚和一只蜥蜴的鞋子

我无法复述那场轰轰烈烈的失恋，我经历的是过程
正如那些放弃选举权的树、蒿草以及子孙满坡的公羊的告白

雅丹地貌：一个人魔鬼般地朗诵《福乐智慧》的残章
他诚恳的语调仿佛是在诺贝尔文学奖讲坛上的一通吹嘘

瓜州的悔悟

南方雨林，草原格桑
瓜州一定失望

鹦鹉学舌，杜鹃啼血
瓜州抬头探月

半页《诗经》，几段《离骚》
瓜州埋下断章

七月流火，八月飞雪
瓜州胆中炼糖

风高放火，黑夜翻墙
妹妹你在何方

瓜州，瓜州，你这投奔甘肃的穷小子
肠子黑青，反穿衣裳

星星峡的背影

恢复到落日的高度。群山之侧
几万起义的蝗虫敬着成吉思汗的军礼
在断石上停留了一下

你可以嘲笑一个古代书生的鬼祟
但必定肃穆飞天戒指上的体温，和
寒露的虔诚

当几个铁匠钻燧取火，寻找一把斧子
那棵流泪的树
正在一条金鱼的热吻里化木为石

贩盐的道士，背着皮子的酒鬼，写诗的小偷
他们寂寞的脚步
像是一次神圣的宴席

还有马可·波罗、斯文·赫定、斯坦因

三个结拜的弟兄

在金碗里割破上帝的喉咙啜饮

事实上，那些光明

那些皈依

那些忏悔，事实上——

我刚刚经过星星峡。群山的宗教

落满此刻的肩膀，携带几何的泪水和圆规

丈量内心

素描：一幅油画

一支野蛮的箭，带着暧昧与复仇
一头悲伤的骆驼绝望于一条静止的河
是的，当你虚构的小说另起一个章节之时

花草滩崖畔，扎堆的羊群被阳光雕塑
几段遗弃的长城，几句山丹方言
欲望的交易哭喊着历史

我不想重复对石头的崇拜。亚洲东部
无聊的无名氏在狩猎，交媾，念念有词
他失误的口语里说出：火车，火车——

不妨拉着林一木的手，感受胡风
迷路的蚂蚁昏天暗地。但是
吃着波斯大蒜的商人兴高采烈

不要反对隐喻，甚至一场黄昏的黑雨

宗教的马车载满了鹰。伤心的素描里
一次爱情的马拉松刚刚开始

那些光明的刀客，口喷火焰
玩耍的私生子学习算术，撕下一块羊肋骨
在阶级的手指上敲打光阴

在人迹罕至的戈壁，退位的酋长
守着黄金，在阴影里面壁
热情的妃子们齐声朗诵：啊，伟大的征服之神

我没有错失那次贫穷的溺尿
在斑驳的石头上，错误的考古
在一首新边塞诗里重新出现

雪落敦煌

无法沉默的热烈，卑微的雪穿过天空
鸣沙山下：一本信仰的书感觉寒冷

当一朵卑微的雪带着渴望与孤独
一眼思想的泉打开生活的度牒

你被一群藏文字母隔离。而在成吉思汗的日记里
藏着牺牲的麝香和致命速度

我承受着你来临的重量。血崩的呼喊
在我粗糙的皮肤上渐行渐远

是的，当一群革命的艾蒿面黄肌瘦
当一个肥胖的飞天给地狱发出 E-mail

我远离自己，犹如远离一捆寂寞的蔬菜
远离一次失恋的阅历

敦煌的鹰

鹰有神示，无限的荣光在于飞翔
寒冷的内心有超度念想

三危山绝命的海拔
大地上的光阴走如奔兔

一叶被偷走的风马旗
羞愧的星宿上揳进信仰

无论如何，那条雪水的疏勒河边
我咽下的只是活命的抒情

没有对天空伪造伤害。遥远的先知
你顽固的智慧藏在沙尘暴里

但对一只兔子的渴望，甚至麻雀
那只是走向一个异性的热炕

在二十世纪的工业革命里，有一种嘶鸣
我只怀念四平八稳的早晨

雪落。一条愤怒的弧线伤痕累累
大地上肉铺繁荣，果香四溢

说出黑暗中颂歌，或者赞美诗
你不小心的偷情会被狗仔队记录

回到心跳的夜晚，和一个小偷秘密约会
他遗忘了飞檐走壁，只有安慰

敦煌啊！我带着飞天的梦想拼死一跃
留下羽衣霓裳

天空啊！你无耻的广大里落木萧萧
我只带走飞翔。敦煌——

乌鞘岭下的一次睡眠

那么多大雁飞过，留下一次经历
那么美，落日完成最后一次祈祷
仓皇而来的是神圣的诅咒和赞念

给别扭的文字梳理细节，我知道——
成吉思汗的毡靴，是通关的铭文
而衰败的李元昊在辨别胡椒里的毒药

乌鞘岭以西，尧乎尔兄弟走州过县
醉生梦死的哈萨克帐篷里马肉穿肠
我全部的记忆源自被打入冷宫的阏氏妹妹

你在敦煌细数流沙，翻译坠简
在一卷经文前调皮捣蛋
多么先知啊！胡骚冲天的飞天如坐针毡

甚至在尘土飞扬的小巷叫卖阳光，反穿羊皮

在一座铁匠铺前挥汗如雨，结束一次梦遗
教堂前的唱诗班集体失语

是的，当全部的生意毁于小兽的皈依
星宿的脚趾上翘着悔悟和判然
你家徒四壁的身体里流光溢彩

嘘！不要吵醒那列从乌鲁木齐到成都的火车
不要给汗血马投下夜草
但一定要让早产的母羊耐心等待

乌鞘岭的海拔

车过乌鞘岭，它衰败的巍峨
沦丧于秋草的高度
它的颓废不及四脚蛇惊慌失措的逃亡

我自信于 1.72 米的海拔，比鹰低些
比远处的野燕麦高出许多
比鼠目寸光的屎壳郎了解植物学

我有资格在乌鞘岭上指东道西
右手是烟雾缭绕的兰州，左手是帝国的走廊
面前是蒙古高地，身后是酒曲里的青藏

记得宁夏老乡李元昊在这里啃过羊肋巴
避暑的成吉思汗，不带通关文牒
到别的国家牧马

我按捺不住一丝土拨鼠的豪情，索性端一壶酒

浇在茁壮成长的唐诗宋词里
让它面目狰狞，一脸邪恶

云朵之下，我教育着青藏的牦牛
蒙古烈马，黄土高原上白牙的毛驴
让它们在众目之上讲解幸福的起源

车过乌鞘岭，艰难的唱读混杂着古今
我目光痴呆。那些野燕麦、蓝苜蓿、狗尾巴花
多像我想你时丧心病狂的痛

乌鞘岭以西

乌鞘岭以西：慢慢抬起的是一卷潮湿的传说
从武威到张掖、酒泉、嘉峪关
一堆戍卒的骨殖、一挂经幡、一条哈达
河西走廊巨大的生殖力源于祁连山的雪
它让一个杂种妻妾成群
让一匹母马拥有无限的幸福
让一个偷情的僧人无地自容
但在秋天的药书里，鬼鬼祟祟的色目商人
建造屋宇，种下胡椒，把长安的丝绸
挂在落日的指头上
庄重而且轻佻

而阿克塞的割礼继续进行，那双充血的眼睛
让内地女子感到恐惧
在夜晚，有人睡眠、有人皈依
更有人点亮羊油灯盏，识别字母
恢复一个姓氏的尊严，以及
一次茫然婚礼

一个失魂落魄的人在阿克塞

一个失魂落魄的人在阿克塞
颂唱西风，说着一些破败无聊的事情

几头骆驼，一片戈壁以及经年的胡杨
孤单的沙粒上留下一块空旷

必须要携带刀子和酒，恩情或者失败的爱
你身后的怀念里要藏着阳春三月的鬼祟

并且要记录下一个人的背信弃义
她虚与委蛇的甜蜜里有伤害的毒药

而阳关不远，唐代的屋宇和宋朝的瓷器
一次格律的唱读呼天抢地

在落日之下请保持应有的虔诚
只是，黑暗中的黄金念叨着革命

不要拒绝吐库丁的邀请，沸腾的羊颊骨上
纪年的甲骨文字被轻易虚构。还有——

红旗的越野车里，青海的花儿和陕西的秦腔
烙下西域的痕迹和羊肉的膻腥

向西——
边疆棉花盛开，馕坑肉熟

天堂寺的夜晚

连老鸹都安静了，金顶上的月光肆无忌惮
它一半耀眼，一半正在打着瞌睡
似乎要将一天的诵经声揽进怀里
掰成两半
一半是白天的酥油茶
一半是夜晚的糌粑
剩下的
是那些牛啊羊啊被超度的魂灵
虔诚地仰望着

当我离开时，突然发现
一个绛红色的青年喇嘛远去的背影
多像仓央嘉措在月光下疾驰的脚步啊

俄博的午后

俄博的午后，一丛狼毒花繁衍着罪恶
它热烈，阴郁，像情欲饱满的突厥女子
在陌生的草原上张开欲望的身子
这暗藏的阴谋
让一阵风改变了原来的方向

俄博的午后，马蹄上的光阴让一个人慢慢老去
那个唐古特部落的二道贩子，马背驮盐
换取尧乎尔人的羊皮
安静的肃南街道上
一个醉醺醺的杂种唱着民谣

俄博，我失散多年的远方兄弟
在歌手铁穆尔的帐篷里
一个流浪的西海固穆斯林后裔
倾听他苍老而忧伤的声音

古歌呦呦，古歌呦呦

一辆爬坡的拖拉机，让我听风

祁连山已暮色苍茫

幻象与影子

一棵木槿树，三十六朵怒放的木槿花
时光的马车运走它坚硬的骨头

一只斑头老雁，身后的三十六个无知的孩子
惊悚地发现有一双翅膀已破烂不堪

我对着镜子，看见三十六个影子和窗外的光线
阅读着一些大地上的事情

我捧起一株有毒的黑蘑菇，三十六个发霉的斑点
请问：又有谁能说出它曾经的白

我慢慢地清理三十六具风干的肉体
它拒绝回忆——它总是喊着：痛

所以啊朋友，请不要吵醒我已丢失的三十六个灵魂
否则他们会在黑夜的窗前轻唤你的名字

塔尔寺：一枚落叶

一枚落叶打在头顶
一百零八颗露珠打湿风尘的面容

塔尔寺，金碧辉煌的殿堂之侧
一棵树诠释着秋天的内容
此时，如果一匹马在黄昏里奔走
如果一个人在沉思中仰望
瞬间的坠落中，你会听到
十万狮吼，十万般若诵
让广大的安多在风雪中享受安详

一枚落叶里写满风的语言
一个疲惫的灵魂曾经黯然神伤

塔尔寺，如来八塔静静翘首
一枚落叶打在我的头顶
这样的碰撞，我竟看到

一个人一生的情形，如落叶的面孔
十万藏文字布满经脉
十万藏文字母，十万佛像
十万次微笑安慰平生

那飞翔的空行母啊，一如遥远的飞天
在近如咫尺的塔尔寺
一枚落叶竟让我茫然
我只需要其中的一个
在浪迹天涯的日子里
请引领，那一灯如豆的光芒
和冉冉升起的孤独的火焰

在山丹

山丹丹花开红艳艳。山丹日月分明
白天山丹丹花儿红
夜晚的时候，谁醉卧秋风
为阏氏姐姐销魂

羊群走过草场，哀鸿遍野
可汗金帐点兵
嘚嘚马蹄如鼓啊
我摘一朵山丹丹花，插在
匈奴勇士的佩刀上

而我只是一个牧人，在山丹
我唯一的财富是
看
山外的山
天外的天

马蹄寺

一群麻雀点名批判纷乱大雪
难道是天空破坏了早餐秩序
还是一炷丧心病狂的香火
让屋顶的白
回到原来的青

马蹄寺的台阶上，一场雪掩盖了
法显的脚印
鸠摩罗什的舌头
和一个初生婴儿的姓名

这一切都不重要，重要的是
有一双中年的老寒腿蹒跚而来
向马有才学习西凉谣曲
从才旺东珠口里偷走藏花儿

马蹄寺。一群麻雀让雪地更白

一个衰老的张掖僧人，一袭灰袍

和我讨论叙利亚战争

以及雪与春天的轮回

华藏寺

白牦牛广场。华藏寺仅占西南小小一角
它甚至被人忽略
如果不是晨起老者来煨桑
小小桑烟肯定被认为
几个游方僧捣弄早饭的结果

这里绝对适合我这样的旅行者
用大把的时间停留、驻足
把拥挤的心安妥下来
看几只鸟雀啄食供品
看几缕桑烟，被广场上
晨练的大妈挥舞的扇子
扇得惊慌失措

华藏寺。小小的神殿里
端坐小小的佛
三个朝拜者

一个来自青藏高原
一个来自蒙古高原
一个来自黄土高原
念叨着口味不同的六字真言
转着经筒

唯有一个来自黑龙江的萨满信徒
站在树荫下，一言不发

杂木河边

如果阳光不那么强烈，如果狼毒花不灭了美
如果一个牧人对生活不破罐子破摔
这里一定是杂木河边，怀孕的白牦牛相互学习
一脸幸福，像仁谦才华的妻子
自豪地成为那个藏族诗人的爱情漂流瓶

毛藏草原，佛光浩荡的杂木河边
汲水的才旦说唱华锐的英雄史诗
一截断石，一座亘古的冬窝子
一块丹霞地貌里的白牦牛图腾
是一个部落传宗接代的游戏

这年夏天，玩耍的秃鹫学会了打坐，念经
说着安多方言。当一本正经的决斗延续种族梦想
当一块破败的骨头被真正交易
那些背负三座大山的兄弟们是解放的奴隶
他们夜晚的谈话让一种传说通俗易懂

你不会批评这样的夜晚，对一个女人的阅读源自指头

你的理想是肉汤、私通、邪恶的哲学

当早晨的雨落满吐蕃的词条，当霍尔的历史被恶意篡改

那个被交易的女人，怀着春天的王子

混沌着落日下游牧的冲突

必须保持对英雄部落的敬重，两个插俄博的兄弟

仿佛完成睡眠的苏醒，他们渺小且乖张

在通往神圣的路上，目光迷离

青海师大藏语系恋爱中的黑木措

她的流行歌曲，差点毁坏两个男人的虔诚

一碗泉

沙中取水草上散步
十万沙子十万草
腾格里南缘
一碗泉水足以拯救
一片鸟声

沙子无言
开着秋天的门
青草有约
只是无人路过
一碗泉边：标语漫天
渴——

仿佛一只蜥蜴在腾格里大漠念叨着什么
仿佛一个俗人对生活的彻悟

源头之曲

我要说下的是：雪山、草原、溪流以及奔跑精灵
这些与祖国缠绵的词语
清凉、健康、柔软、原初，还有朴素呼吸

我要刻下的是：姓氏、名字、族源的六字真言
这些颜色发黄徽章拓在秋天原野上
并且喃喃自语：天行健，君子以自强不息

你必须要学会叩拜、赞念、口若悬河地吟唱
打开时光门扉回到太古，使用石器、钻木取火
猎取心灵里野蛮的兽

你无须远眺，只保留此刻的安宁和自由
大海以远，头顶是欲望饱满的蓝
然后是青黛信仰以及子孙的游牧与农耕

黄河自古天上来
噫。龙腾九天

玛曲：黄河向西

我看到你缓缓倾斜身子
以及面向阿尼玛卿的泪水
让风中格桑
失声呼喊

那是决绝回望
玛曲草原
一个人疾驰身影
完成一生转折

河西：甘肃的鞋带

粗粝的河西，一个漫游的宁夏人
鬼鬼祟祟。他探秘，释文，打着喷嚏
他把对银川女人的念想渡在乌鸦的眼睛里

他看见一片东张西望的芨芨草，举着露珠
一绺西亚的胡须随风劲舞
晚点的新闻颠倒着以色列和巴勒斯坦的事情

几个高谈阔论的哈萨克牧人，拿着陈年的收音机
仿佛在挽救华尔街金融
不远处的沙漠公蛇哈欠连天，昏昏欲睡

你不妨在公社的字典里煽风点火——起义的马
穿过八月的睡梦，完成神圣的洗礼
大地上的五谷激烈地传宗接代

你在西口路边吃下早点，抽着旱烟

用几页《诗经》换来哈密的瓜，蒙古的绒
在一章骚花儿里坐怀不乱

当日光泥泞，雪水生锈
当东去的列车停在兰州，狼奔豕突的拉面馆前
师大的女大学生，普通话凌乱不堪

河西在上

铁抱铜，祭祀的图腾在野地里锈成一片寒露，它隐忍，不
　　露痕迹

伪造的阴阳帖飘在梁积林家门口
这个玩世不恭的家伙，捣卖古董，不屑一顾，写下七扭八
　　歪的诗

通往俄博的卡车司机
车轮轧过的灵魂在唐诗宋词里吧吧作响
风马旗的半截身子，一面向西，一面朝向扭曲的内心

河西在上。祖国的屋檐下埋下金子和羊头
你看：草原发情，大漠受孕
发呆的鹰
卸下大面积的忧伤以及胡言乱语的传说

河西在上。天祝的天堂寺通向莫高窟的壁画

在飞天的舌尖上取暖，她的美丽藏着一身狐臭

那么美啊

身体里的魔鬼惊叹之后，逃到一棵桃树后头

你在石头上写经，羊皮上喷火，留下错误的六字真言

走廊的废墟上，离经叛道的毒药来自白胡椒

而另外的黑胡椒里藏着交易

一定要相信黑脸的读书人，他鬼符般的语言

源自对生活的彻悟

他现实的运动，使山丹马场上精液横流，子孙遍野

那个巨型乳房的石头女人，祖籍银川，谁能说清，她到底

　　喂养多少失败的神

腾格里沙漠南缘

一根蓝色飘带在腾格里沙漠南缘逶迤而去。黄河——

前面是兰州，她带走生活的拉面
白兰瓜和野葫芦的沙地里喘息着蛛丝马迹的美
一块布满皱纹的石头留下钻木取火的烟

沙坡头别扭的方言，以及雀斑的导游
车水马龙的羊皮筏子上载走大麦地岩画的拓片
明朝的高庙里盲目的僧人吞云吐雾

多么自觉的夜晚。四脚蛇埋下诅咒与浪漫
它的力量和速度欺骗了人类的猎奇

但在黄河的石林里，一声史前的犬吠
惊起两个执迷不悟的人

流沙、流沙，一朵闲云挂着乌鸦

它迫不及待的飞翔是躲避缺水的伏天
它的恐慌来自先知的箴言

是的，当驮夫的脚停在沙枣树下
当瘸腿的马咽下粗糙不堪的夏天
迎亲的队伍里有人能掐会算

黄河。逶迤而来的是腾格里长吁短叹——

四月

四月不远，西海固桃花灿烂

当金山的雪莲正在霉暗

从嘉峪关到敦煌、阿克塞，沙漠里的春天

我不想把骆驼的咳嗽变成你失望的初恋

那次逃亡的情感埋在风中

那个唾弃鸦片的人，在四月的路上

遗失了诗篇。革命的马蹄丧失于一次私通

而胡言乱语的舌苔上真理蔓延

谁能捉住那个闪腰的花妖

懒惰的飞天，暧昧的裙裾壁画里破碎

一个惊慌失措的人

他的脚步来自偷情灯盏

但老牛的车速，惊醒了海西州落寞冬天

牧草枯黄，牛羊瘦小

一次长长喇叭声

让青海湖的湟鱼，梦醒一年

月牙泉的传说

仓皇飞天裹紧西去裙裾，月光的琴
击打一地沙粒。那个念念有词的人
热烈的地理在一盏羊油灯下彻底曝光

十八世纪意大利游客，日本古董商，俄罗斯土匪
贼眉鼠眼的夜晚接二连三
他们的胡须里藏着飞天的腋毛

月牙泉边，沙漠的宗教开始废弃
青海棒客和张掖酒鬼集体打赌
谁能用一堆发黄的旧书烤熟一只羊腿

而萧条芦苇上，落单的雁喝下一片净水
远方就是故乡，但懒散的云驮不动怀念的翅膀
它学会打坐，念诵佛号以及自身的超度

如果你的朗诵过于直白，请使用古老梵语

大英博物馆人声沸腾。一次豪华庆典
西藏僧人在敦煌门前念响咒语

月牙泉边，一个囚犯的罪名来自鸦片
他脚步凌乱，踉跄语言
一路说到突厥的天山

卷二

长短句：蓝调合唱

临夏断章

1

躲在杏花里的古河州，修辞春天
一件过冬的老羊皮大衣
让广河的街道显得陈旧、摇摆
但毕竟杏花开了，蜜蜂逐香而来
她们说着东乡话、撒拉话、藏话
各取所需，把害羞的花骨朵
说得心跳不已

一抹酡红，一抹霞紫
两种颜色的春天
多像放羊的法图麦
怀有心事的脸蛋

2

一朵荷花，盛开在砖头里
马古拜家的门楼上
浇灌荷花的是
吹过临夏的风

那个寡言的东乡手艺人
在一块砖头上
一刀一刀，剜掉相思
也剜空自己

3

一家撒拉尕面片的饭馆
两个黑盖头的姐姐
在一锅开怀大笑的沸水里
打点营生

哲人王素福说
"日子就是下一锅面
汤少了，再加些水
再少了
再加些水"

4

秋风劲

秋风吹着阿爷的胡子

一头拴在老榆树下的骆驼

看着西天

打了个响鼻

满腹经纶的阿爷知道

这头思想的骆驼

应当卧在中亚细亚的草原上

5

临夏，我一无所有，衣袋空空

但我看见

阿哥的口袋里有个油香

阿哥的脖子上挂着个红绳绳

阿哥的手腕上套着个银圈圈

阿哥的院子里，几个称兄道弟的穆斯林

冲着天空大笑

四个阿妹，四朵牡丹

她们分别叫——

红牡丹

黑牡丹

白牡丹

绿牡丹

阿哥的肉呀

我送你油香

送你红绳绳

送你银圈圈

送你一碗稠稠的幽怨

阿哥的肉呀

前半夜想你（者）睡不着

干脆起来，趁着麻驴的夜色去

但就怕

狗咬哩

你妈打哩

6

古河州郊外，野花颂唱

拾掇女红的大二艺术系女学生

学习涂抹胭脂

胭脂，胭脂

那一抹醉人的红

红得

让人心碎

经过古河州，我只向

那千红万绿

轻轻一拜

7

风念经

云跪拜

我忏悔

离匆匆行人远些

和一池秋水近些

祖国的屋檐下

我和东乡族诗人汪玉良

谈古论今

金昌：五节铭文上庄语

1. 命运

两座高原的堆垒：吐蕃的雪域草原，成吉思汗的蒙古高原

淹没的马蹄隐匿进壁画，连同吐火罗文、西夏文、粟特文

李元昊睡梦中的女子，失魂落魄于巴丹吉林边缘

而金川郊野，一株麦田里的向日葵，发疯摆首

一次命运的功课，发生于破伤风的午后——

她在抒写金属的撞击、羌乐、鹰舞，以及波斯商人的见闻

当月光笼罩金昌，当工业主义的草书挂在迎风的马车上

矿山深处，两只谈情说爱的蜥蜴

蜷缩在芨芨草下，用彼此的体温取暖

2. 历史

一群逃亡的人，深目棕发

肯定有一条返回的路通往罗马

一群战争爱好者，操练兵阵

肯定有一束目光跟随落日阁上

广场上的雕塑

个头比汉人高些

吃草的坐骑

比蒙古马小些

永昌县者来寨村

正在挖土豆的骊靬人

不谈祖国

说着拐弯抹角的汉语

3. 民间

三两个卦婆子

黑衣、黑帽、黑布鞋

她们使用漆黑的古语

引来村道旁蠢蠢欲动的黄狗

奇诡地看着

这些东方的吉卜赛人

背着黑布包

走村串巷

三两个卦婆子

靠星星引路

用几根冰草

打算光阴

4. 经石

一块经石，一方刻在大地上的宗教徽章

陌生的谈话在不经意间集合

八思巴的蒙古文，超度着一个种族的命运

仓央嘉措的情歌旁，注释着尊严的藏文字母

落荒而逃的党项，撰载死亡建筑

而六个锈迹斑斑的繁体字

是一个流放的中原人

完成一次深刻

金昌。一块石头上的四种文字

它仿佛是对命运的彻底嘲弄

我只是在那块经石里

顺手拿走墓志铭

5. 现实

巴丹吉林沙漠：几只玩耍的蚂蚁

烫伤了脚
一副硕大的驼骨旁长满沙葱

当我醉卧白琪琪格的帐房时
花心的古马
在月光下胡乱转悠

五十行次生的颂歌以及一幅水墨

1

太阳从贺兰山上升起。神啊，你热烈的图腾

照耀着牛羊的地理和水稻小麦的族谱

从汉渠到唐渠，革命的铧犁上稻麦流淌，奶香四溢

英雄的拓拔远走戈壁，建造屋宇，留下神圣的字母和功绩

西夏王陵博物馆，巨型乳房女人的膝下，养育着失败的灵魂

而在一个元人的诗典里，写下嘲笑和讥讽

他赞美腾格里上空的鹰、马刀以及无限的疆场

在汉长城下醉生梦死，胡言乱语

那个阵容庞大的宁夏艺校学生，排练《月上贺兰》

她们猎鹿、骑马、射箭，在一片树荫下学习谈情说爱

2

古丝绸之路。一个吼着秦腔的人吞云吐雾，大步流星

二两锅烧，半块羊骨，然后是美死人的热炕头

一辆装满土豆的拖拉机，吭哧吭哧从左公柳下经过
黑脸的主人一定清楚，今晚的面片子会稠稠地舀上

在六盘山上登高望远，甘肃静宁的戏班子声嘶力竭
而萧关的梯田里，泾源的花儿歌手和米岗山的女子商量私奔

你千万不能忧郁，否则杨建虎会在雨巷里朗诵《再别康桥》
他的身后是一群吆三喝四热爱诗歌的粉丝

古丝绸之路。我发霉的手指翻阅地方志
记录下长城、烽燧、断剑，以及一章历史泥泞的灰烬

3

几个西海固民工，在银川街头东张西望
五颜六色的广告牌和宽阔的马路让他们惊慌失措
啃着干粮，喝着凉水，寻找养命的生计
他们全部的热爱，是把全部的钱寄给外地念书的孩子

但是兄弟，你得躲开城管和穿制服的人
你今夜在广场上的睡眠会被捣乱
你低三下四，像一群没有家园的流浪汉点头哈腰

你所有的希望是好好睡觉，有个好身板搬砖运沙

当我说着普通话从银川经过的时候，突然发现
几个似曾相识的民工对我指指点点

4

在泾源的小摊上啃吃羊头，在吴忠喝西夏啤酒
在中卫的羊皮筏子上唱读一幅大麦地岩画的拓片
虚伪的明月不会寄走你对一个人的思念

乘火车到鄂尔多斯唱蒙古长调，沿高速公路到兰州听河西
　小调
到蓝天白云的西安吼一折火辣辣的关中眉户
南腔北调的话语里有人到处称兄道弟

宁夏。我的一卷长文才写完五十个页码，它神秘，直白
从一场祭祀开始
六月采薇七月流火八月胡天即飞雪
祖国的屋檐下一组逗号滴落下来

5

沐手写经

明月明月

无字阅卷

日头日头

哎呀，拔了糜子拔胡麻——

花儿不唱（者）心乏哩

好日子过了想哩

我在宁夏南山哩

你在宁夏北川

哎呀，参差荇菜，沟里担水——

胭脂峡 · 古歌

失我祁连山，使我六畜不蕃息
失我胭脂山，使我妇女无颜色

——《匈奴的谶歌》

1

马骨连着马骨，帝国的疆土广漠远大
羊皮缝着羊皮，一根鱼翅穿起北中国风雪中的温暖
男人爱刀，女人爱美
焉支部落迁徙的身影哟
——朵朵马蹄莲下必定暗藏着胡笳的咏叹

飞身打马过黄河
胭脂峡，茇茇草疯长的季节里
一个睡眠中的女人拥抱着爱情
她摘下一朵红蓝花，敷面映月
她把一个美好的夜晚献给部落的王

2

大风掩藏着部落的踪迹

胭脂河汹涌着一层神秘的绛红色

芬芳若兰，一如神秘的咒语

——向西，向西

一个刚刚降生的婴儿开口说话

——苍天啊，请收下我们祭献的羊群、驼峰

神灵啊，请祁连山上雪莲的光芒把我们引领

胭脂峡，这里是红蓝花的灾难

女人拯救着面容

男人拯救着马匹

一把刀子吹沙成石

3

没有比太阳更忠实的奴仆

我们的女子沦为他人的婆娘

仿佛看见迟暮的美，一次破伤风

让所有的女人失魂落魄

她们采来了胭脂

我们带来了死亡

4

一卷刻在羊皮上的卜辞，隐隐地

说着什么

一个穷人家的女儿，默诵谶歌

她怀抱着一只奄奄一息的羔羊

胭脂峡，匍匐在河边朝觐的花蝴蝶

胡风掠走了美丽的图案

也带走了一个种族的梦想

5

仿佛又听到那雷鸣般泣血的吟唱

——失我祁连山，使我六畜不蕃息

失我胭脂山，使我妇女无颜色

在胭脂峡，我像一个丢失了家园的孩子

喊叫着一棵树的名字

我的马匹呢？

我的羊群呢？

还有那个美颜的女子今生安在？

6

我只是安静地叙述着一段秘密
我一不小心就撞开了古匈奴封闭的大门

青海：风吹天堂

1

这个时代的疾病源于询问，这个暧昧的早晨

当毒汁四溢的花朵在秋天的胸脯上开始灿烂

当玉带缠身的草原逼近内心

青海：现实的八月在我的脚下越拉越长

雪山啊——

草地啊——

河流啊——

这些伟大的颂唱开始流行

众神之山在我的仰望里接近天空，接近混浊

接近神仙与凡人的爱情

我只选择一次逃离，一次唾弃

当越野车穿过固原、兰州、西宁

沿着文成公主失眠的道路

我只是记下：果洛的格桑，玉树的虫草……

2

三个背水的姑娘，说说笑笑，她们的名字分别叫

卓玛，卓玛，卓玛。她们奇异地看着我

就像我这个貌似汉人的穆斯林后裔

晃荡在黑帐篷的和白帐篷之间，用奇异的笔触

打量着现实的生活

而那个最小的卓玛，用艺术般的手

拍打出代代相传的牛粪饼时

它多像我发表在正规刊物上的一首首诗一样

那么严肃地和众生打着招呼

我吻了小卓玛的手

似乎品尝到牧草和青稞的醇香

3

勒巴沟。一条流淌文字的河。野花颂唱

集体的膜拜和嘹亮的流水共同完成美学的构图

山嘛呢，水嘛呢，风嘛呢，冰嘛呢

2009 年 8 月的六字真言为一朵凋零的莲花默祷

文成公主歇脚的石头上，秃头的嘎玛旦增口若悬河

口水四溅地讲解着一截破烂的历史和刻石人的传说

像一个破产的商人，回忆辉煌
失败的黄金变成了门牙，照出一道醒目的佛光

一群部落的牦牛啃食勒巴沟的青草，它们学富五车
怀揣佛陀的秘密拒绝说话

这个混浊的人世啊，需要遍地的文字来提醒
这些遍地的文字啊，需要底层的人们来敲打

一些僧侣、奴隶、商贾从这里走过
一个出嫁的新娘从这里走过

当我灰暗的理想从这里出发，当全部的知识被指正为错误
一只乌鸦在我的头顶拉下忏悔的粪便

4

暮年的诗篇长在巴颜喀拉山上
两个热爱艺术的积极分子，在散步、偷窥，一起合影

破损的经幡，风马旗以及飞扬的隆达
卡车司机肃穆地献上石头、哈达，获取前途的安宁

佛风浩荡的巴颜喀拉，内心躁动
山下的寺院里仁波切在讲经。而索南求措捣弄明天的酥油茶

和生活如此接近，如同深陷羊群似的云朵
比如炊烟，比如草垛——

我知道那些光明的河流会洗涤错误
那些有罪的人，会在巴颜喀拉山上失声痛哭

如果此刻给心上人打个电话，发送一个轻佻的信息
仓央嘉措会说："我的两小无猜的情人，知心话没完没了。"

我热爱的珠姆生活在《格萨尔》里，我生活在二十一世纪
巴颜喀拉做证我们昨夜的秘密

而星宿高高在上，激烈的辩论和争吵
引来一阵犬吠，熄灭公路上的灯光

5

"大石头根里的清泉水，
哇里麻曲通果洛；
我这里想（者）没法儿，

却干内曲依果洛。

"清茶甭喝奶茶喝，

渴死了凉水甭喝；

有啥冤枉给我说，

亏死了给旁人甭说。

"她家的酸奶真个酸，

索亚家的酸奶甜；

见到你时不言喘，

见到索亚就说不完。

"珍珠玛瑙我不要，

要的是孲日子红火；

她的曲拉我不吃，

要的是大眼睛闪着。

"玉树的牦牛果洛的羊，

活佛的日子好了；

东家的帐篷西家的房，

我的心上人老了。"

6

一朵干燥的藏雪莲，藏在结古镇寂寞的货架上

一次低声的谈话记录在史诗传唱者的琴弦上

一捧泥泞的青藏上端坐着败北的王

一本《词语奔跑》抵不上醉酒后的闲谈

一次伟大的行旅不及一次远望

一个城市的苦思冥想者不如山中疾行者的彻悟

一些拯救，一些毁灭

一方公开的杂多县藏医院的药方

一个藏羚羊的头骨在古玩店的墙壁上睁开眼睛

一次吐蕃的征服，一幅唐卡绘制完毕

一张毁坏的契约放弃了结盟

一个造反的僧人兴高采烈地走上天葬台

一场大型音乐演唱会，一个山沟里的歌手

一头胡骚的羝羊翩翩起舞

一群疯狂的求偶者打着呼噜

一次公开的审判，一册正义的书卷

一副假面孔下的真情暴露

一座废墟的土司庄院

一场山神与湖仙的邂逅

一通趾高气扬的胡言乱语

一个疯子朗诵着三年级的藏文

7

天上的星星有多少，嘉那嘛呢的石头有多少

地上的草有多少，草边的牛羊有多少

山上的河流有多少，石头上的文字有多少

世上的人有多少，寺院里的经筒有多少

风吹草低，流浪的云朵罩着羊圈

识文断字的喇嘛留下一道背影

这是茶马古道的嘉那嘛呢。嘉那嘛呢——

转经的人群里，藏着呐喊的六字真言

谁让我端坐内心向你倾诉

谁让我不远万里为了带走一块石头

在吉尼斯世界纪录里，不计其数的嘛呢石刻

大爱无边地拥挤在一起

而在我堆垒的书架上

那块红色的嘛呢石

一如静默的灵魂

无言地注视着我日夜写下的黑白文字

8

雪山下，铁皮锅里煮着沸腾的羊肋巴

雪山下，最小的女儿睡梦里磨牙

玉树草原包围在绝望的蓝里

我一袭红衫

钻进黑暗

一如偷情银匠

那腐烂的银子

透开毡房

仿佛一座意义之塔訇然倒塌

仿佛在一个俗人身上抽取舍利

雪山下，狂奔的蚂蚁突然掉头

捡拾遗失的精子

9

扎陵湖旁。扎陵湖乡政府社会治安综合治理大会
在草原上正在召开
四面八方的牧民骑着骏马、摩托
围在两辆轿车扯起的会标前
认真倾听

但不时有些声音
与领导讲话的音调不合拍——
咳嗽声
吐痰声
咀嚼声
放屁声……

事实上，我听懂了后面的声音
但对领导字正腔圆的藏语发言
一个字也没有听懂

10

将最后的投影献给鄂陵湖
将微小的盐献给鄂陵湖
将一次呈现献给鄂陵湖

将破伤风的午后献给鄂陵湖

——假如那些天鹅、斑头雁为真理祭献，为自由的歌唱而
　　毁灭

鄂陵湖边：集体的朗诵戛然而止

鄂陵湖边：空洞的抒情被阳光风干

鄂陵湖边：日月的乳房嗷嗷待哺

鄂陵湖边：一种忧伤在思念中黯然

——假如那些羚羊、野驴奔跑的美在大地上重现

11

杂多的夜晚，什么时候

澜沧江带着雪山的问候抵达海洋

什么时候，我的热爱被月光唤醒

鹰在睡眠

一堆枯燥的古藏文字母

在酥油灯下重焕意义

雪线上苦恼的母豹，东张西望

它带着繁衍与牺牲的火焰

阅读经书

比如莫云乡政府统计员尕措，摇头晃脑
手转经筒
俨然一副乡长的气度

因此，冷风吹过零度的街衢
不火不愠
不火不愠的是雪豹的目光和尕措的神情

因此，可可西里边缘
食草者与食肉者都在法律的鞭下
四季招供

只是一颗流星划过广阔
一台藏历新年的晚会，播到现在
一个穿着羊皮大衣的人，修改隔年的文件

杂多县莫云乡的夜晚
尕措老婆在黑暗中看着藏银
我在月光下纠正自己潦草的诗行

这是生活的功课——
一棵夏草走向冬虫，需要速度和耐心
一束弯曲的月光，需要爱情去扶直

在冰冷潮湿的床上，我想
月光啊，请把三分温暖给我一夜
请把七分光明赐予天荒地老的生灵

12

三江在上。下游是肤色不同的儿女
这地球上最高的河流，穿过东方
东方辽阔——
那些印度人和藏人、撒拉人、汉人……
一同在河边斋戒，沐浴，捕捞……

2009 年 8 月，我带着一身的露水和泥泞
穿过草地
一首清凉的歌曲，被鸭群、游鱼、猎鹰
带向不同的地方

三江在上。谁手捧黎明的心跳
三江在上。谁看见经幡四面微笑

我忍住泪水抱着风
抱着风中失散的姐妹
抱着风中失散姐妹的身子
抱着风中失散姐妹身子的残香

抱着疼

哎呀……

13

扎青的路边。一截路

被雪山之魂抽刀断水

几个联手

吉喜图金、欠沙吉、智王德在填土，改水

他们的女人

拖着袍子，提着干粮和茶

蹒跚地走向工地

那些排成长龙的小轿车旁

衣冠楚楚的男人

一脸的沮丧

一脸的羡慕

只是一条被水冲断的道路

在吉喜图金们的生活中习以为常

有吃

也有喝

但那些衣冠楚楚的男人旁

怨天尤人的美女

咒骂着天气

和这个陌生的地方

14

阳光不再，黑夜透明

天葬台边怀揣青草的牦牛

害羞得

不敢和别人打招呼

天葬师昂旺看到了一切

他不说

他永远不说

他把秘密带给葬他的鹰

那头牦牛在湖边饮水

愧疚地喝下一波又一波的波纹

那一道鞭子的阴影

一遍又一遍地

抽在落日的肩膀上

15

千万不能叫太阳抽风

经书上说

千万不能让雪发情

经书上说

千万不能容忍美女走近别人的帐房

仓央嘉措说

人世间的菩萨啊

我热爱你这样普度众生的方式

16

青海，风吹天堂——

"提一袋黄土高原贱命的土，盖在车毁的草皮上

——幸福来了

"宗教的哲学里贩卖羊肉，捣弄盐巴

——真理自由

"结古小镇上，维吾尔人的烤肉生意兴隆

——草木盛开

我凌乱的笔记里，青海，风吹天堂
风吹天堂，青海，在我凌乱的笔记里

如果是冬天，备足的冬肉挂在房梁上
灵魂超度——”

如果是秋天，充足的奶茶
灭了鲜花——”

如果是夏天，你单薄的身子
飘着长发——”

——风吹天堂，青海

卷三

谣曲：野地副歌

窑工母子

她把弯下的腰抬起，运送土坯
然后再弯下，运送土坯
如此往复，用自身所能承受的力量
喂养嗷嗷待哺的生命

这样的生活日复一日
如果把搬运土坯形容成物质生活
那么，在孩子的眼里
那只小布熊，就是天堂

一如我乡村的妹妹，在西吉的一角
撒种、施肥、除草，收获
她们的命运，又何其相似
我只担心，她们的孩子的将来

母亲的身影

你应当笑了，妈妈
这样一车废品
足以安慰，身体的透支

我们是生活在城市的土拨鼠
——郊区出租房，垃圾箱，废品收购站
多么幸福的三点一线

那个上大学的弟弟，上高中的妹妹
还有年迈父母的医药费
就这样一车一车地拉进学校和医院

回家

姐姐，就是远在天涯海角
在别人的屋檐下讨要生活
疾病，白眼，屈辱——
为了明天，一切都忍了

姐姐，你现在知道
城里不是想象的天堂
一年辛劳，换来的只是
比土里刨食更好一点的光阴

姐姐，一年了，春节来了
我们回家，背着一座山
抱着一个希望，再提上一袋慰藉
调剂几天日子的笑

皇天后土

皇天后土下
必须保持对生活的低度
前面是柴草
后面就是世代的柴门

天空是一袭的蓝
脚下是厚实的土
土地上长着庄稼、人民——
这些生生不息的物种

这里是地球的东方
这是一块埋人的好地方
看蚂蚁搬运柴草
看阳光在叶子上睡觉

活着

活下去，必须活下去
面对一万个不幸和痛苦
必须活下去
明天的太阳会照常升起

你活下来的希望是孩子
孩子活下来的理由是你
你祈求的希望是医生
孩子祈求的理由是乳汁

千万别向命运低头
看着我
哪怕孩子喝下的是药味十足的奶
哪怕这一口呼吸十分艰难

西海固：落日的标点

有了爱，才会在乡村的屋檐下梳理忧伤
有了爱，才会在西海固的痛苦里痛苦

怀揣荒凉的人世，对着寂寞的蔬菜
让西海固感知：我有多么爱你

一轮落日供奉着逗号，秋天的西海固
三个换命的兄弟叫土豆、马铃薯和洋芋

我的情话里夹杂着炊烟和村落
青春，梦想以及怀疑，包括满含热泪的感恩

那是一册年久失修的地图
我念叨着一个又一个沟、洼、峁、岔的地名

四十年了，我深深埋藏在你的子宫
四季含伤

星宿之下，遍地都是人民，古今和枯荣
遍地的欢乐和一个人的辛酸

群山空旷，万物生长
亚细亚的霜落在西海固的眉骨上

似乎有些神秘，一群白鸟的脚下
野菊花挤破遗弃的羊圈

镇山的馒头，辟邪的糖，香料里的毒药
那是一群人活在世上的信仰

这就是我所理解的西海固
修补院墙，种植粮食，畅想和孤独

在这里，我不想成为一个诗人
那些颂歌、赞美被打入地狱

是的，我多么爱你，当你老了
爱你的无边与清贫

一台野戏的结尾必将是灰烬和泥泞
一块大陆之于我肯定是伤心的行走

而回望不止。谁会说清
西海固在亚洲的位置

那些坚硬的历史
那些干旱的地理

我所有的阅读都是你的背景
我所有的文字敲打你失色的皮肤

一道闪电，划过秋天漫长的成年礼
像一段经文，刻在一个人心里

马渠：羊皮上的斑点

用秋补夏，作为一个诗人

我听见马渠的梯田里黑铁哭泣

一群羊经过，漫漫烟尘和灰烬

谁将在失恋的季节摘下果实？谁用一坡日光

淘洗皮肤。谁在等待？来年的光阴

长在一树桃花上。谁在大地的病床

包扎幸福的伤口

谁用一把谷子，撒在麻雀迁徙的路上

又有谁懂得

一棵小树苗栽下又死去

我把马渠形容成破烂的羊皮，作为一个诗人

我知道风是刀子，可以杀人

一株芨芨草里，暗怀火炬。如果再叙述

必须让雨水回到天空，让视线回到瞳仁

一辆扶贫的小轿车倒回县城。它刹车的刺鸣

惊醒老态龙钟的骡子。让省报记者

写下获奖新闻

让马有财破财的家谱，满篇荣光。让死树

慢慢苏醒。让朝圣者

擦净盛水的空瓶

幻觉：梦见大海

这无鱼的旱海里，游弋着青铜、断简、骚花儿和火石寨
秦艽、艾、麻黄、打骨草的浪尖上
一个道德模范吼着秦腔
迎着黄沙蔽日的风，打开药箱
慢慢翻晒甲壳虫的胎衣

划上黄土塬的孤岛，海风吹拂
苦荞、葵花、谷子和豌豆的香。桃树下
鬼念经。一群仙子得了破伤风
一只抛头颅洒热血的羯羊
兴高采烈地走进萧条肉铺，捍卫了正义

选择一次远航，带上杜鹃、乌鸦、土拨鼠和野狐子
仿佛成了诺亚方舟的主人。在黄土汹涌的舞台上
一个人独唱
"花儿唱了一辈子，没有遇上好妹子"
叽里呱啦的伴奏和掌声让动物们熟悉了崖娃娃

如果爱得炽热，一个猛子，扎进大海，降降温

完成华丽转身。于是成了西海固第一个奥运会跳水冠军

那些鲨鱼、海蛇、海狗、海豹微笑着靠近你

多像追债女郎，酒鬼，吸毒者

用无情的鞭子把我从梦幻中抽醒

叙事：十四行

我，城里人，偶尔说普通话，像假洋鬼子

不用上溯三代，从爷爷到父亲，都是土里刨食的好手

我小时候填档案时，成分一栏，一直是贫下中农

这让我骄傲了二十年。突然有一天

贫下中农在成分中消失了，竟有些不适应

感谢自己聪明的脑袋，考上大学，参加工作

这让邻居王爷感慨：你月月有个麦子黄

我家牛蛋啊，世下就是种地的，天旱

就麻烦了……

我的成功经历教育着从八十岁老汉到咿呀学语的娃娃

都说我在外面当官，吃皇粮，坐小卧车

办公室里有说洋话的女秘书，像电影里的国民党

天堂是啥样子，我的生活就是啥样子……

哎！每次回到故乡，我得假装有钱有势，否则对不起全村

　一百多口子男女老少，对不起我的一嘴假牙，因为真牙

　全都咽到肚子里了……

六月六：冒烟的石头

日头太亮

大地上的事情

日头不懂

六月六的草与禾苗

渴得要命

更重要的是

一堆吞云吐雾的石头旁

狐狸拔毛

蛇蜕皮

六月六的日头

它的哲学是

让石头冒烟

至于别的

那是月亮的事情

殇：四行诗

在雨水里兑上伤心
哗啦啦淌下的是玫瑰汤和牛奶发酵的声音

一匹贪得无厌的马踏过花朵
蹄子上肯定沾满苍蝇和蚊子的血

发现：一次写生

一匹白马的故乡在漆黑的煤里

一段大开大合的阅历在纷乱的头发里

一场雨的开始在病房的咳嗽里

一部爱情小说的起源在童年的性幻想里

比流水更瘦、比黄花更黄的是

一把老骨头

老得让时间唏嘘了一声

断垣：鹰翅上的春天

丧失了配偶的春天卸下力，的确，东风无力
当焦灼的内心敲击字母
一串经历，虚构出失魂落魄的审判与呵斥

在秦长城的西侧
三亩小麦。五亩玉米，那个祖传手艺的铁匠
种下一地的惶恐和内疚

守着落日，看一只鹰唾弃黄昏
它滑行的曲线
是一个村小的求知者面对隶书

比如说林则徐，谭嗣同，范仲淹
他们寂寞的背影
在乏力的西海固留下神圣

我在这个春天昏昏欲睡

我所遗忘的

是一只鹰投在大地上的阴影

河：被遗弃的图腾

仿佛是面对丧心病狂的抽象，在西海固
没有人会具体描绘河的骨殖

这一册破碎山河，以及云朵的虚无
我的字典里写下祈雨、枯竭、流放还有土浴

是的，当希特勒遇到雷锋，当悲愤的驴子
在碱滩上寻觅发泄的爱情

三个割草的女子，三个红脸蛋
三个移动的小黑点

那些蛤蟆不是歌唱，而是痛诉生活史
一泉苦水胜黄连——

如果说起葫芦河，清水河，苋麻河……
虔诚的人们，会举起回忆的双手

千万不能要求封山禁牧的牛羊
探讨对河的感受

一首发表在《固原日报》上的赞美诗
肯定是伪浪漫主义者想升官发财的勾当

是的，当释迦牟尼遇到佛陀，他们神秘一笑
他们不说

仿佛是不能怀孕的宫妃，打发寂寞
一册失败的天书悬挂在地球的腰带上

但在雨后，我画下的河是马蒂斯的混蛋逻辑
是天堂里的精神病患者玩耍尿泥

辽阔的亚洲腹部，我睡梦中的救世方舟
不过是一把舀水的铁勺

宁夏偏南，一部小说的线索
绝对与河无关

半个月亮

半个月亮爬上来，半个丢失信仰的灵魂
它黑暗的乳房里传来胎儿痛哭

这是城乡接合部的月亮，如果它的洼地里长满谷子
无疑是错误雨水背叛了村庄

半个月亮照着西海固，半本残缺课本
晴朗的朗诵之后，内心扭曲的阴阳画着鬼符

我走在背阴小路上，怀揣爱情、自由
奔向光明的柴屋，尽管带着露水和霜

这个神圣暗夜，半个月亮疾病缠身
只有时光，会治疗我经年的忧伤

半个月亮爬上来，爬上我中年的肩膀
我两手空空，一无所有

一群候鸟从村庄飞过

带着青春、自由、理想，一群候鸟从村庄飞过——

秋后村庄，显得微凉、破碎，略有湿气
谢顶的向日葵，风干的高粱，神经错乱的打骨草
这些相依为命的穷人，神态窘迫
像我乡下的姐姐，低着头，摸着粗布衣裳
当候鸟从村庄飞过的时候，河水枯黄
大地空旷。就连瘦骨嶙峋的蚂蚁
躲在一丛冰草下，晒晒太阳，然后
吐一口痰，灰心丧气地串亲戚，敲门时喊道
秋深了，大地空旷得像万人墓场

唯有山顶的那棵树，见过世面。风吹过
叶子纷纷落地，正是候鸟歇脚的好地方
北风那个吹啊，一声咳嗽，惊飞了最小的鸟
叽叽喳喳的扶贫研讨会停止了，惊慌失措地

思念故乡。"这是鸵鸟战斗过的地方，革命老区啊，青年
　　们……"
头鸟的总结发言，教育着翅膀下长大的候鸟
是啊，候鸟要回家，毕竟是候鸟，故乡有
鸬鹚、朱鹮、丹顶鹤，还有留洋归来的鹦鹉
哪像麻雀、乌鸦、灰喜鹊，有代沟啊

一群候鸟从村庄飞过，带着理想、自由、青春——

中宁：血一样的枸杞

我必须接受这样的事实：血红
我必须承受这样的洗礼：血红

我看见两个相爱的人捧着心
两个相爱的人，从东到西，从南到北
一步一步靠近

我肯定被这糊涂的场景热泪盈眶
互相搀扶的人，携带彼此的体温

我知道那些颜色属于太阳和月亮
这柔软、梦呓，被风催促的舞蹈
拍打着高潮
甚至零点零一的眺望
都在绯红的叶片上
三两声唏嘘

如果要表白，就需要耐心、醉魂
但一定要把光阴掰成两瓣
一瓣向阳，一瓣面阴
陈旧的家谱里一定记载：
血色黄昏

——血一样的悲怆
血一样的怅惘

——是的，霜降之后，有空位的悲哀

西夏王陵：巨型乳房的女人

哪里有压迫，哪里就有反抗
不信，西夏王陵巨型乳房的女人
暴怒的牙
就是证明

凭风倚栏独吟词
一个风度翩翩的汉人
搅碎一夜胡天羌地的梦境

咦呀，种稻、缝皮、挤奶——
咦呀，一堆阳光狠狠地砸在皮肤上——

蔬菜味的汉人
字正腔圆的汉人
命里的汉人
鹰翅下的汉人

后来，我的汉人朋友阿信在西夏王陵说

鹰在它漫长的一生中

总共遇过三个人

佛陀、成吉思汗、希特勒

而这三个人

可曾梦见

我在银川的苦命姐姐

打倒一切吃里扒外的东西

什么叫牛鬼蛇神

王陵的底座下

我那巨型乳房的姐姐

是否永世不得翻身

每次经过西夏王陵的时候

冥冥之中

有人叫魂

银川：太阳从岩石上升起

那根驱日的鞭子

藏在贺兰山的肋骨里

太阳神啊，你的微笑

被冬天的风

抽歪

那些羊群、马匹、射箭的人

哎呀

那些想成为奴隶的家伙

在一块岩石下

鬼鬼祟祟

那个部落的外交官，形容憔悴

一部命运之书，毁于游戏——

一次谈判的伪史

一群可疑的读者

太阳从贺兰山上升起

又落下

恍恍惚惚

噫

八百里的贺兰山，八百里姓氏的徽章

整齐拓在

落日栖息的地方

灵武：一个叫梧桐树的乡镇

我甚至无耻地爱上梧桐树乡

这个在南京大街上随处可见的植物——

原谅我的无知。对于一个

久居西海固的人来说，记忆深刻

当我醉卧他乡的时候

突然发现，这个让我感动的乡镇

我必须对它温文尔雅，一副君子之气

就像面对咖啡、比萨、热狗一类的饮食

尽管没有吃过，喝过

但我依然敬畏

有时想，攒点钱，出出国

被人家狠狠地殖民几次

至少能对得起眼睛和胃

我会这样称呼：梧桐树——但轻轻地

但不会对苹果树、杏树、山毛桃树有任何轻视

从黎明到黄昏，从黄昏到黎明

那些经受沙尘暴的梧桐树

是否和它的法国祖先一样

与花草为邻

鸟雀相伴

一个无知的人经过梧桐树乡

口喷大蒜

满脸洋气

那个幸福啊——

青铜峡：恢宏如歌

白昼寂寂。一水寂寞流过一百零八塔

涅槃的光明，似乎带着葳蕤的问候

不周山（牛首山）的头颅俯视夏日平原

一树寂寞之花，盛开于夜来风雨

青铜雕塑立于黄河岸边

仿佛亘古之呜咽，仿佛金戈铁马入梦来

铿锵西夏鼓乐

电喇叭里女播音员的叙述略带膻腥

而中华黄河圣坛，一如寂寂千年史

断简残碑的缝隙，隐隐有贩夫走卒口传之语

被铭勒

渡口。采诗官的脚印已走成大道

青龙、白虎、朱雀、玄武用普通话朗诵：

厚德载物

一个噤口的游客

血热——

吴忠：金积堡

报晓的金鸡被贼超度

不然，积聚于七层毡上的血

何曾偷换概念

一声一声

泊于兵戈中的鸣叫

让 1871 年的东方地平线

燃烧

一句赛义德 · 束海达依的预言

使四十年后的金积堡

鸡鸣狗叫

夜夜炊烟

正义的小

往往来自良心的大

中卫：花儿的唱法

把日子过得简单些

闲了，看看远方

吃酒，喝茶

看一群羊

从山上走过

学学那个著名的苏武

怀抱使节

躺在树荫下

怀念一次祖国

如果日子苦些

打碎牙吞进肚里

再不济

对着卖酿皮的婆娘

吼几句

"头割下不过碗大的疤

不死了就这个唱法"——

圣源堂

——给海源

艾叶生香，一根穿经走络的银针

寻找疾病

一个慵懒的早晨在西吉的南城路上打着哈欠

一幅李炬的漫画，被秘密唱读

四面八方的消息挡住了风的去路

乾坤之下，一双从盲人培训班毕业的手开始革命

那个臃肿的商人，挥霍光阴

他的烦恼来自贪得无厌

他沮丧的目光徘徊在南城路上

他开始关注一场葬礼，一次生与死的对话

甚至羡慕贫穷的晨练者

他把希望存进圣源堂

比如对幸福的设计——

他肯定会说，假如生活是一个蜜罐
一定要随身带一杯苦水

而在西吉的南城路上，那个叫海源的按摩师
出卖手艺，收购有限的生活
慢条斯理的话语携带太极

口若悬河的羊皮贩子，一脸虔诚
在圣源堂前轻声慢语
一次经历让他获知生活的秘密

可是主啊，别让我出现在圣源堂门口
我热爱生命，还有青春
我用一把刀子早已剜去了心灵的顽疾

萧关：风起烟飞

那是陈旧的风了

吹着几首很瘦的唐诗

遍体鳞伤地

从地平线的东方蹒跚走来

而风中疾行的是

戍卒、商贾、流放者和杂耍的小丑

就连黄寡妇的酸曲儿

都被风吹到身后

他们疾驰的呼吸

是赶在落日沉沦之前

拯救另一次落日

萧关古道：一个黑夜吟诗的孤儿

他的亲人远在亚细亚的麦田里

锄草，驯鹰。没事的时候

抬头看看天空，看看雁阵

就知道

秋深了

黄酒醒了

六盘山

一群戍边的人
岑参知道

边塞遇到知己的心情
王维知道

一个流放者的脚步声
林则徐知道

红旗的颜色
毛泽东知道

六盘山的背影
张承志知道

而我仅仅知道
六盘山上——

风吹过
云就散了

六盘山：一朵火焰

谁不知道《清平乐·六盘山》的作者
那只能说
他没有阅读过那段辉煌的历史

作者叫毛泽东
他说：惜秦皇汉武……
唐宗宋祖……
成吉思汗……
这个指点江山的人
在六盘山下
在昏暗的羊油灯下
思考着另一篇大文章

西海固的一群青年跟着他走了
把一腔热血献给了他的思想
而今，西海固的一些老人
依然喋喋不休地

怀念着他坐在炕头上嘘寒问暖的神情

是的，风吹着《清平乐·六盘山》
风依然吹着
几个苍老的西海固老人的胡须

六盘以东

车过六盘，无言的琴音被一潭绿意轻轻扰蔽
火焰上的祷词经时光的磨洗闪闪发光
此刻。窗外的风景攫取了所有的目光

六盘以东，视野之内便是泾河的源头了
静若处子的寓言衬托塞北之苍茫
风轻绿翠的时刻，一场轰轰烈烈的爱情泛滥成灾
谁被谁的誓言所感动——

六盘以东，阳光和阵雨同时抵达
灰烬与泥泞媾合一段绝望的距离
两种事物丧失了原来的本性

六盘以东，大地的儿子茁壮成长，抚慰秋风
该翘楚的索性翘楚，该沉沦的索性沉沦
没有人高举你的墓志铭
谁的眼睛被埋进大水的中央发锈

车过六盘，一个五光十色的世界被彻底审判
泅渡在流行时代的末端，我失语的歌声
在远天之下孤零零悬挂

胭脂峡

"失我祁连山，使我六畜不藩息

失我胭脂山，使我妇女无颜色"

这匈奴的歌子

在胭脂峡的夜晚响起

胭脂，胭脂

那一抹羞涩的红，红得

让人心碎

我只向那千红万绿

轻轻一拜

胭脂峡：那个面色绯红的壮妇，经营着蛇皮、刺五加，以及
　　风干的泾河牛肉。我向她打听，她最小的女儿，是否待字
　　闺中；是否会唱，祖先遗失的匈奴谶歌

东岳山：雪夜

暮鼓响起的时候

我被迫上了东岳山

身后，七扭八歪的脚印

像宋朝的朦胧诗

酒气熏天

我愤愤不平于这肥胖的身体

瘦骨嶙峋的简体字

黄头发的阿芳蔑视我的神情

还有那个神似阿 Q 的四川老太

嘟嘟囔囔地为我打开

夜半小区的大门

我很生气

"我要革命

"我要造反"

于是，我学着林冲的样子

提一瓶二锅头

边走边喝，边喝边唱

把那些让我生气的人和事

"统统正法"

等我醉眼蒙眬地爬到山顶

朝下一看

雪夜中的古原州城

灯红酒绿

鸟语花香

于是我原谅了她们

歪歪扭扭地赶到二医院

疗治冻伤

在南京大屠杀纪念馆

我看见的是，三十万，还是三十万
这个移动的数字
是三十万颗无名的脑袋，还有
三十万个喊冤的灵魂

我知道有把著名的枪，叫三八大盖
它血淋淋的刺刀上
挂着一面日光闪闪的旗
——太阳旗
在我先人的血泊里
那样刺目
那样眩晕

我是一个牧人出身
我知道，人就是人
畜生就是畜生

我不想做一个刽子手

我学会了原谅

但是，我只想说

一把刺刀，三十万颗头颅

放在你们家的天平上

你，和你的子孙

都称一称

将台堡：三个人的雕像

当地人习惯了这三个头颅的雕像
一座台阶上，三个遒劲的脸庞
看着远方
当地人习惯于
羊走羊道
牛吃牛草
闲暇的时候会点上三支烟
献给三个改变了他们生活的人

我必须卖弄一下我的文化
那是一、二方面军
转战万里，用抵御外侮的脚步
迎着同胞的子弹
在这里完成了集合

从小，我就学会了一首歌
叫《东方红》

一直唱到现在

多年以后，我看到的是

在共和国的土地上

羊还是走羊道

牛还是吃草

太阳，从将台堡的山顶上

升起来了

并且光芒万丈

一个叫王志亭的老人

他坐在一棵柳树下，躲避着夏日的阳光
沉默不语，一如乡下老汉
抽着一根旱烟，默默地看着我

我开始说，1937年抗战爆发，南京大屠杀
马鸿宾率领宁夏回族儿郎
奔赴内蒙古战场，用中国的血……

他开始抽搐，然后是夺眶的泪
他说：我是抗日儿童团的
我参加了抗日战争，解放战争

他说：为了宁夏建设，我来了，带着老婆
还有信仰。我活着就是一种幸福
就像看着你幸福的样子

在固原人民广场的一棵柳树下
我和一个叫王志亭的老军人
谈论着祖国和人民等等的词汇

十四行：新年的第一首诗

如果把光阴当成散步，如果
一个人知道痛心疾首
那肯定是内心扭曲者，被一根枯枝
在额头上画了一道皱纹

到了忏悔的时候了，主啊
我有罪。在中年的肩膀上
我驮不起生活的真相，还有
那些被我虚构的日子

我尊敬你们，那些瞧不起我的人
因为我贪恋酒杯
喜欢和一些小权贵厮混
在昏睡中念着赞美诗

我有罪，主啊
从今天开始，我说实话

宁夏以北

宁夏以北，沉睡的马蹄声荡起大漠孤烟

包兰铁路两侧，一边是青草，一边是沙石

仿佛额济纳牧民的一对儿女，相互拥抱

比青草更青的是蓝天

比沙石更白的是羊群

一声悠远的蒙古长调啊，黄昏的奶茶

愈来愈浓

谁把一袭黑夜的愁肠慢慢咽下

谁把四月的羔羊扶养长大

而不远处，那一双闪烁的绿宝石

是一只求偶的孤狼的悲哀

宁夏以北，胡笳一曲源头来

旅人的忧郁穿过青草的手掌，打马而去

我远方的蒙古姐姐

今夜空旷的行囊里，唯有

思念的马头琴轻轻响起

天都山

把一捧清凉和绿意高举在上，天都山
极目远眺的是海喇都广场和黄铎堡的
废城
一朵桃花，一片经年的瓦当
一个民间艺人的歌声源自古老的史志
如果揭穿一段秘密，一个民间验方
请相信时光的风衣已破烂不堪
它经不起传诵——
比如书简，羊皮经卷，黄金的盔
而从一支羌笛到唢呐的声声
这长河落日的距离啊
我将用怎样的方式丰富自己贫穷的一生
我将用怎样的语言说出自己疼痛的心事
仿佛你将会说出的
永远不会说出的
一个民间女子和一位至尊帝王……

天都山
一串西夏钱币锈迹斑斑散落风中
一个人面桃花的器皿躲在博物馆的
灰尘中
一个怀念爱情的人，仅仅看见
一群白腰雨燕消失在黄昏深处

清水河

已经消失的是北地胡人觅马的踪迹

是大夏女子浆洗羊皮的番语声

是远征的刀磨尽一生锋芒的喘息

是高翔的鹰最后一搏的投影方式

我惊叹于季节之马已饮尽时光的流水

黄水汤汤啊

谁会继续追忆花儿的忧伤——

清水河的石头你是我的命

早些年咱俩都是苦子蔓的根……

清水河：一种回忆方式的呈现

你的哑默

一如我亘古的苍凉

有关嘉峪关的六行诗

一行上的天

天无雄鹰，酷日收割汗水，苍狼星座堆满石头

二行上的地

向西是孤魂的家园，羌笛之下有野鬼

戈壁寸草不生。向西的 1942 年，甘肃省政府试图为我西
　海固的先人安下一个小小的家，这大地上事情谁也说不
　清⋯⋯

三行上的人

将军无剑，将军空守一座孤城

一个傻子指挥一场旷日持久的战争，一个汉人的美女子和亲

我已饮干酒泉，光阴和我慢慢老去

鹰落峡

那拼死的一跃是落日盛大的祭奠
花儿黄
鸟归巢
一根飘零的鹰翅
仿佛是祖国对我的一次精神考验
抑或是一个骑马的匈奴人
失败后的佩饰

鹰落峡：河西走廊最深的伤口
一语不发的年
一场沙尘暴让祁连山更加沉默
我在日记里如此写下
鹰击长空八千里
最后一次飞翔的
是祁连山咯血的峡谷

格桑　格桑

请不要呼喊
就怕惊动草尖上的神
请不要歌唱
就怕惊飞安详的鹰

请相信我对你的爱情
以日渐消瘦的石头做证
请在黄昏的背影里祈祷
追赶马不停蹄的忧伤

采一束盛开的格桑花
献给你
疗治我在城市里落下的病根

西夏碑·细节

撰文载史，西夏的巫师把咒语写在阴影里

他在盟誓的羊皮上留下诡秘的笑

在一丛打碗碗花上留下毒

在黄河边上打坟

在明月下睡觉

哎呀，一个西夏的女子怀上了汉人的种

冬日

一场大雪就要来临，万物哀号
黎明时的村庄正在检阅伤口上的刀锋
狂暴的粗野的大风，狼奔豕突
一个季节的幸福与痛苦在大地上蔓延

而一棵树注目着岁月的花言巧语，俯视沧桑
从死亡到死亡，从诞生到诞生，悲剧临近
月光穿不透谶言密布的天空的心脏
谁是大地上最后的聆听者

我不再怀念落花缤纷的恩情
我只想在此刻守住自己。大雪已经来临
看吧。十万雁阵远离湖畔，十万羊群归栏
十万只灯盏照亮了窗前的雪地

大雪纷飞：一个季节伟大的启示录徐徐打开
大雪纷飞：一次失败的爱情再度媾和

雪花逼近一棵树的内心，滋润坚韧
我茫然的手，该指向冰河的哪个方向

伫立于茫茫山冈，我已看不清自己的背影
任雪花掩埋身后的道路。此刻，我知道
有神谕窃窃私语：众生埋伏，众生归眠
唯有守望的眼睛明明灭灭

置身坚硬的冬日午夜，我的诗篇已锈迹斑斑
当雷声尚未爆响之前，让我们坚守孤独
准备好素笺、狼毫，以及沉默的思想
记录下罪过、功绩、祭祀的香火，还有福音

秋天的葬礼

秋深了。一台野戏吟完最后的台词
飞鸟已经远逝，落叶已经归根，冰凉的雨水潇潇而来
大水漫过一生的辉煌而归于无言
在我们眺望的远方，猩红的血潮泛滥成灾

秋深了。万人的泪水围成一冢新的坟茔
沉寂的寓言写进墓志铭，那是悲伤的悼词
贯穿着我们的智慧，还有深深的举意
而在躯体之外，在黑暗的真实的内部
一切都变得纯粹，接近真理，如同储满的粮仓
但我们还是被一些表象的事情所蒙蔽
在我们的身边，有一些真正的死亡陆续发生
没有人高举经幡，来不及准备洗礼
甚至说不出意味深长的悲哀

秋深了。大地空旷得像万人墓场
一对乌鸦谈论着死亡，貌似深刻，窥视腐尸

在我们的脚下，凌乱的衰草像我枯槁的手指
弹奏不出一首精美的曲子
我在遗忘着一些事情
别人也在把我慢慢忘记

秋深了。大雪即将撕开天空的伤口
没有人在古老的药箱里查找典籍，为你疗伤
该沉沦的早已沉沦，该堕落的早已堕落
黑色的睡眠生长在大地的胸骨上
放射出浸入骨髓的阵痛

秋天啊，请接受我们真诚的举意
一场大雪就要来临，它会掩盖往事
也会消隐旷古的秘密

大地的献诗

君临祖国大地，万物都在安详生长
我所有的智慧建筑于祖国的千山万水之上
触摸一段历史，久远的图腾破土而出
把漫天的昏黄渐次擦亮

劳作的人们被大地的中央温暖，爱情诞生
一场春雨就能滋润饥渴的灵魂
阳光以季节的秩序，徘徊在大地上
众生都在仰望

今夜我在城市的角落，想念乡下的母亲
母亲种植土豆，收获麦子，喂养我的灵魂
而我躲在钢筋混凝土的夹缝中
写着瘦小苍白的诗歌

城市在无情地延伸，掠夺母亲耕作的土地
我无能为力，泪水涟涟地看着草木们消失

在噪音和混浊的空气里，回到乡下
回到青草丛生的家园得以安慰

我热爱着祖国的每一方土地，它温暖浩大
我关心着大地上每一块生生不息的大野
它给予母亲的是怎样的守望，而此刻
在大西北一隅，我所能关怀的只有广袤的大地

大风歌

站在无人的风口，透骨的寒冷让我平静
大风吹灭了乡下的灯盏
也吹灭了秋天里陈酿的爱情

这是在黄昏的山冈
我静读一段感伤的历史
粗粝的大风把英雄刮落水边
利斧劈穿了痛苦和奢望

此刻，我在极目的远处回溯苦难的光阴
大风起兮，歌谣从九天扑降而来
楚歌声声的时候
所有的灵魂在大野漂泊与飞翔

四季的大风吹过头顶，精神孤立无援
神圣的北方把历史深埋
大风啊，我席地而坐在你的峰口

注视时光流逝

注视泪水从别人的故事中流淌

风中的旗帜

飘扬成一种难以言说的悲伤

大风起兮，大风又至

苍茫的歌声穿透昏黄的峡谷

而另一次悲壮的燃烧

在阳光下痛苦弥漫

歌唱或独白

既然，绝唱的天鹅已经远逝

悲伤的琴音被寒水隐渡

盛大的夜晚把所有的歌声覆盖

那么，我的眺望还有什么意义

深入大西北的民间，瓦蓝的国土上

一种瘦弱如竹的音乐缘草而生

我知道，众多高亢者中最悲愤的一个

就是我梦中抒情的歌王

他歌声泣血，眸子里闪烁金属的火

在久远而苍茫的大地上

那瓦蓝的歌王把爱情传唱

我穿越千山万水而来，注满岁月痕迹

在万物寂灭的路上

点燃最后的火把，把源头的秘密照亮

我蹒跚前行：渴望抵达天堂的门庭

而在如此冷寂的春天，空旷的山冈上
那支水妖般的风笛已支离破碎
歌声渺茫的时候，行走在日子的刀刃上
我将如何自由飞翔

所谓的爱情只是一片随风而去的叶子
掩饰了贫穷的家园，我悲伤如猿
凄厉的嘶吼划破春天的帷幕
只是那远方的天鹅和穿过暗夜的子规
是否还会栖息门前

春天的宁夏，寂寞的夜晚漫长而寒冷
是谁为歌声而沉醉
是谁在朴素的洗礼中为美舞蹈
又有谁能够把生命祭献，以血言志
谱写高高在上的墓志铭
我知道，为你的歌声而失语于诗歌者
别无他人

太苍

白虎飘游，目击四野

一万只影子把天空覆盖

一万只雪豹望断天涯

以水为伍的雪豹，被我用诗歌喂养大的

雪豹，舔着滴血的伤口

她忧伤的目光把夕阳啜饮

黑夜已经降临

空旷的大野已经怀孕

但神示高高于太苍之上

苍穹万象，高远的寓言飘荡沉浮

布道者的呓语

把十月的天空描绘得光怪陆离

今夜的北方，我与另一种人类畅谈

诸神就绪，天庭的大门徐徐开放

我看到许多澄明的事物爱意充盈

智慧的光芒静静流淌

而此刻，三个不可分离的孪生兄弟

在古老的歌谣中走到一起

北方：这苍狼大地上神示的圣子

我：以异端为梦想的宁夏诗人

母族：栖息窑洞而又悲人怀天的纤夫

而一个季节如此般被收割

大野空空荡荡，唯天空澄明

大风从脚下刮过，先知端坐太苍

白虎宁静而安详

主的旨意

把人类的苦难湿淋淋切割

让灵魂飞翔，智慧再生

今夜，神谕开启了我的睡眠

在苦苦守候和诗意怅望后

我们上路

黄昏的流逝时光

这是最后的时限，黄昏不期而至
沉沦的金黄球体以身殉道
涅槃的咏叹响彻天宇，为着最后的时限
黄昏，这大地之上神明的赤子
我的祈求已筋疲力尽
一个歌手死而复生

他梦想穿越大野与高原，岁月无声
孤独地嗥叫，让谛听者泪如秋雨
漫过荒凉的大地
走过黄昏的边缘，他把黑夜尽情歌唱
悲愤的谣辞撞击他空空的胸膛
空空的胸膛里注满了苦难的水
在风中燃烧
广袤的天宇下黑夜渐渐到来
一切都被忘却，归鸦似蚁
假面具簇拥着噪音擦肩而过

罪恶流淌，爱情死亡
孤独的思想以隐晦而烛照
还有母亲，为谁的无知而受伤

我想在最后的时刻，为无聊的光阴而祈祷
秋天的黄昏，我迷惘而坚强
大野里的歌手融入死亡般的合唱
那是经典的独白
在我无处安身立命的时候
黄昏，我独自倾听你流逝的声音
和一个时代被误读的辩白

传说或寓言

所有的故事降临在故乡的河面上
老人是孩子的船，载一纸古今横渡
幽暗的土地以神谕的叹息
把一个个黎明前的狐狸剪贴
端坐窗前

山坳里总有一些善良的事物不被风刮走
星星疯狂的夜晚
窑洞里的油灯点燃远古的话题
打碎一夜的疲惫和宁静

传说近在眼前，寓言近在眼前
我埋伏其中
撰写一本民间方志，以光明的名义
为如此神圣的夜晚而祈祷

大地歌谣

在最为悲伤的秋天：梦中的歌谣经诵般响起

覆盖四野的群山上一匹白马在嘶鸣

我手抚一支铁箫，回应内心深处的寂静

坐在太阳很远的屋檐下，怅望山冈

想象记忆中的纯粹和辉煌

风声很猛，大风吹过所有的树木和山冈

让旋起的落叶把一个季节黯然隐渡

守望千年的故土上，风中的妹子

你将为我绣上一方怎样的红绸子手绢

这是十月的秋天，大地荒凉无比

我身居破败的屋子，抒写关于北方的诗歌

所有的农具被收拢，乡下的女子披上了绿盖头

经久使用的语言苍白，我捂住疼痛的伤口

等待一个黄昏的逝去和黎明的到来

而在岁月深处，梦中的歌谣给我安慰

把自己归隐于炊烟笼罩的家园，沉沉暮霭里
放飞的思想，朴素成一种站立的高度
点缀天空和大地，修饰久违的心情

就让我们在大地上倾听：十月的秋天
梦中的歌谣经诵般响起，它广大、安详
在腹地里穿行
在天空中鸣响

春天的献诗

故乡的春天，我所能祭献的是一场如丝小雨
为沉默的父老乡亲点燃希望的风景
惊蛰过后，春雨漫天而下
回到久违的家园，淋湿的面孔
被幸福的微笑渐渐暖干

捧一把潮湿的泥土，春天温馨无比
我聆听到野草们向上的力量和青翠的鸟鸣
田野美丽如城市姑娘的脸，在大胆窥视中
接受种子永远的爱情

1998 年的春天，民间歌手放浪情绪
粗犷的谣曲引导我进入久远的圣地
古老的节拍，让我享受春天的灵感
和一段无韵的独白

夜晚降临

一生的奔走归于黑色的睡眠
夜晚降临。一生的马嚼着夜草
一生的艰辛卸在短暂的宁静里

月亮像美丽的女子，说：亲爱的
月亮啊，请伸出你柔若无骨的手
牵着我
抵达光明的圣地

落花流水

桃花垂首，奔跑的是一地哀伤的亡灵

我无法克制一生的悲哀

请让月光肃穆

请让一川江水倒流

面对曾经写下的诗句——

一世的恩情从一朵桃花开始

这浩大的恩情啊……

我无言的歌声

已随远逝的流水悄然寂灭

掘地三尺，谁能把我的名字唤醒

谁能把一个季节的尖叫化为平静

那高高在上的枝头啊——

我们承接了一生的雨水

却承接不到一生的爱情

最后的孤独

黑夜最终到来
被太阳刺穿眼睛的歌手
茫然回到更黑暗的内心

爱情如逝水远离而去
他想把内心的琴音传递给别人
但回来的路上人迹罕至
巨大的黑暗将他紧紧包围

在孤零零的屋子里他弹拨心音
世界广大无比
没有人来倾听他的诉说
只有风从天空刮过

只有风从天空刮过
他愤怒地嚼碎自己的舌头
仰天一吐
便有悲怆的啸叫响彻大地

雨外弦音

这雨水与绿色无关，美女葬身鲜花
孤傲的红桦捧起一汪百年心事，独自倾诉

猎猎如风的牛皮战旗依稀当年之威武
柔若无骨的倩影啊，射雕之人已幻化成
峡谷中的风铃
为一绝色女子摇曳出关山之外的绝唱

雨落泾河，大雨遮掩了天空的伤口
如烟的情绪在桦林间弥漫
并且升腾，连同那不被世人知晓的秘密

在凉殿峡听雨，往事把七月抽象得眩晕
我的名字已写进黑暗的玄石深处
拥抱一种久远的恩情

北方

北方是塬上洪荒的雕像，线条粗粝如沟壑
把蜂拥而来的野马诱入黑暗
大风耗尽了含泪的春天，寒星熠熠闪光
我热爱的青鸟离巢而去，向远方逃遁
黑夜的山冈上凌乱的骨头在燃烧

时光被无限地渗入年轮，北方洪荒如烟
当遍野的花朵被马蹄踏尽，羊群归栏
又是谁关上时间的大门彻夜祈祷
为逝去的一切默诵灵魂的祷词

就让洪荒更加洪荒，寒冷更加寒冷
让弥漫的大雪塑造另一种纯粹的美学

一个人的高原

请让挺起的海拔相信：千山鸟飞绝

请让凌乱的戈壁知道：万径人踪灭

请沿着一首唐诗的高度告诉我

如何坚守爱情的底线

请端起一碗清冽的老酒

怀念曾经声名狼藉的日子

望着渐远的落日

一个人在高原腹地

静静地守候

古堡

黄昏把最后的光聚拢又把黑夜的贫穷呈现

远古之火在天空中熠熠生辉

村庄里飘忽的身影

在破败的瓦砾上捡收心事

历史苍凉的回眸中

它的呼吸既很遥远又很短促

如今我在高原酷旱的角落，坐享一种辉煌

晴朗的天空，鲜血凝固星辰

苦渡的灵魂穿过九月的大界

在古堡中徘徊

墓碑上的佚文暗淡而朴拙

我看到古堡下金戈铁马的狼烟

猩红的牙旗，在先人的圣曲中葬送光明

宝剑归隐，一种传说安详而宁静

民谣与炊烟覆盖大地

我在古堡的地窖里仰视古堡

斑驳的墙把流浪的心情啜饮而尽

我就是古堡最后的子民，穿过滚滚黄尘

带着太阳的气息、鲜花和爱情

在苍凉的大地上种植思想的树

大地把黑夜的贫穷合拢又把歌声打开

大地啊——

今年旱了

今年旱了，主啊
请你把南方的雨水赐予我北方的心伤

从三月到五月
天空晴朗得像一件发白的衬衣
悬挂在西海固的头顶上
我所经历的是
麦子枯了
麻雀到新疆逃荒
从成都开往乌鲁木齐的列车上
蝗虫一样的打工族
再走西口

我是在电视上看到南方水灾的时候
望眼欲穿地渴望
大旱的西海固
也能享受一次
阴雨连绵的日子

母亲的村庄

割艾的人群在山坡上奔跑，像收割秋后熟透的麦子
夹杂在人群中那个瘦小的身影，就是我乡下的母亲
她把一捆叫艾的野草挂在老屋的木窗前
等待针灸我的灵魂

端午节时，村前那棵老树下伫立着一个翘首的身影
我知道那是母亲等着她受伤的儿子回来

农事

锄头与镰刀碰击的声音

击倒一片茁壮的农田

时间

在雨水的微笑中

完成一个过程

一支响箭

一支穿过季节的响箭

在草帽连接的地方

把农人的心事扔进遥远

走西口

这个虚无的名词，何时走进传说的版图
我在落花时节翻阅乡村典籍

西口。一万只大雁觅食之地
谁曾把北地的离殇一路饮尽
民歌喧哗的时候
西口。一尊盛满泪水的酒碗
让村前的妹子
尝尽断肠的翘首

又是一夜无眠的叹息

走西口谣

给一脸疲倦打上补丁
给一脚路程绣上鞋垫

一炕的营生
一地的光阴
一院散落的柴米油盐

"哥哥你走西口啊——"
不
我去新疆摘棉花
妹妹你不必留

深秋

一夜之间
翩翩而起的蝴蝶
全部失踪

花朵因没有观众
全部枯萎了

失眠

夜半有风
我听到　一棵树
被人砍伐
一只灰鼠
偷运过冬的粮食

而一束忧伤的目光
在黑夜里搜寻着什么

蝙蝠

沉入黑中之黑

一些睡眠中的事物是蝙蝠的孤独

它的飞翔开启了空旷的幕布

如同黑色的尸衣，孤零零悬垂

这巨大的夜晚把真理彻底埋藏

就像一潭死寂的秋水

和一堆腐烂的石头

神迹已灭，苍穹下布满了斑驳的寓言

没有谁歌唱劳动

只有蝙蝠的高蹈让黑夜更黑

古墓上的灵魂暗自呓语

在这个怀念的夜晚

神鸟的衣裳被谁偷走

这样的时刻，神迹早已死亡

秋天的绿衣被一次霜降俘获

如同蝙蝠的翅膀覆盖夜晚

这样艰难的时刻

谁能把飞翔的意义永远昭示

大雪将至，一场大雪把黄昏和黎明彻底颠覆

黑夜只是一盏无言的灯

像蝙蝠的眼睛，忽暗忽明

盲者

一场深刻的风暴渐渐平息

十月的阳光下，打钟的人已经离去

盲者的脸上是两片深不可测的海

无人泅渡。青铜的火焰藏于梦境

一种秘密和守望在骨头里埋伏

一只鸟儿在树枝上鸣唱

它听到圣灵们窃窃私语，透露玄机

盲者看到了光明

看到了一堆黄金燃烧的景象

他瞎眼的女儿突然笑了

一枚秋叶打在盲者的拐杖上

黑夜关上了最后的门槛，锁子是一颗心

在人迹罕至的地方

他拖着瞎眼的女儿

走在喑哑的瘦路上

今夜，大地安详

白虎在天空中奔跑，神在歌唱

蓑草中秋虫在歌唱，种子安眠

一个瞎眼的男人

为他瞎眼的女儿准备嫁妆

无题

十月，一个男人丰收着爱情

但湖水枯了
一只母羊错过了受孕期
一个猎人放走了他捕获的兽

一棵麦子孤零零长在田畴
十万只鸟儿
准备享受最后的晚餐

黄昏

一场九月的风暴
我想象瓦尔登湖上的景色
和一个老人自怜自艾的背影

谁也无法承受悲剧临近
一棵树被焚烧
鸟儿们遭遇到小小的灾难
而那些越过地平线的兽类
用血腥的声音欢呼胜利

一些阳光下的思想逐渐消失
一些翕动思想翅膀的风逐渐消失

当天空埋伏，大海受孕
当空荡荡的大野毁掉丰收的庄稼
……
此时正是九月的黄昏
我突然听到体内骨头碎裂的声音

挽歌

悼词在火焰上灼伤。蓝色的幽灵
凄婉的牧歌在大地深处回味悠长
一件黑色的袍衣覆盖了原野的花
一只乌鸦啄食着发霉的骸骨

这是正午，我目击了大地上悲伤的事情
一群虫子爬满了我岩石般的脑袋
它们繁衍生子
它们让我空空荡荡
像一条冰凉的蛇，蜷缩在井边

一只乌鸦终于飞走了
她的哭泣让一朵花也在流泪

阴风吹过。吹散我悲哀的诗歌
吹走了我的爱人
吹冷了曾经沸腾的血
吹灭了大地上最后的灯

日暮

日暮。火红的日子宣告破产
一次伟大的远征死于流言

时间悲壮地撕开高原的胸膛
巨大的血潮汹涌而来
洒向最后的天空
一场血雨自岁月的边缘潇潇而下

日暮。我在爷爷的坟前盖上新土
我已记不清他的容貌

村庄依旧，静寂得让人发冷
屋檐下的铁已经生锈
一只灰鼠打开粮仓
搬运过冬的佳肴

日暮。归鸦栖居黑暗

一张豹皮挂在窗前

空旷的大野披着玄黄的风衣

强暴了苍老的寓言

两条鱼媾合成图腾

季节深了

打钟

鸡鸣时分。东岳山上的钟打开清凉
一个尼姑完成她每日的功课

没有人在白天听见钟声
这些很遥远的事情
在火车轰鸣的年代
依旧发生

我在灯下怀念远古的姐姐
而她是最早的打钟人
因为突然的爱情
我就是被她敲打的钟

秘密

一滴露水消失

不要问早行者疾驰的衣袂

一个果子落在地上

不要问秋天被谁伤害

一对热恋的情人最终分手

不要问谁是受害者

我知道疾病的火焰正在燃烧

但是找不到最好的药方

我知道打出的电话全是忙音

而所爱的人已进入梦乡

我知道你的眼里茫然一片

是所有的故事早已被别人带走了吗?

静物

一只苍鹰盘旋于天际
一只褐马鸡迈着悠闲的步子
一粒野草莓红得快要破了

我惊悚得想大喊一声
又怕破坏了饕餮之前的宁静

风吹过

风吹山阴：一块散落民间的瓦熠熠生辉

风吹秋草：时光的马车已瘦骨嶙峋

用一片落叶和你交谈

那临水的声音，渐近渐远

泅渡于死亡的河流

我左手翻晒地狱的粮食

右手啜饮天堂的美酒

仿佛戴罪的鸟儿偷听了黎明的秘密

风吹过　秋风走了大寒来

谁能倾听我的忏悔

乌鸦

这个被遗弃的夜行者

黄昏的草坪上

有两个黑点

它们的红嘴唇

让落日的阴影

更加昏晕

仿佛还有一个黑点

它来自

深山女巫的身旁

在你的幻觉里

越飞越远

曦 东方顶礼

滑轮探过莫测的大海
黑夜之黑的意象在东方的山冈上越来越清晰

这时，正是露珠在青草上静默的时候
一声鸟鸣让沉睡的寂寞开始战栗

东方。东方之东
夜行人疾驰的脚步踩在时间的影子上
一个时代的践约让远古的寓言肃然垂首

暮　旷原之野

一个影子落下来，一万个影子落下来
在清冽的光晕中
独对金樽。我要饮断千年的豪肠
让马蹄踏碎坎坷的归路

只有风声，这高原的衣裳
敲响了黑夜的钟声
疯言醉语过后，谁手持一册经卷
独自面向西风

请挽留这最后的时刻，十二月的黄昏
我已走过如歌如梦的旅程
我把颂歌献给你，还有一段墓志铭
伴着千年佳酿献给一颗破碎的心

艾　民间之殇

屈子已逝
留下一把山野的苦艾
疗治楚国的创伤

端午节的前一天
山坡上挤满了受伤的人群
把一捆捆叫艾的野草
背回家中
在一阵芬芳的烟雾里
诉说着各自的心病

雪地

谁把磨坊的口袋
沿苍风的方向悄悄打开
谁在天堂的夜晚
偷走了神的早餐

这个伟大的窃贼
让一只乌鸦的脚印
深深地按在雪地里

野菊

乡村女子羞涩一笑，野菊花开了
迎亲的唢呐让古老的村庄热闹非凡

让我编织一个花篮，戴在你的胸前
伤心的时候
请把泪水悄悄盛下

想想南方

一座小桥上对视时的流水声

一个热带水果上的两个唇印

一叶小舟上两只拍打的桨

一次旅途中弥漫在雨水中的回忆

我读着别人的一篇文章

她说：南方有嘉木

遭遇

贺兰山下，白云飘飘马儿何在
一条笔直的马路穿过一家家酒馆

诗人杨梓喝着西夏贡酒
醉眼蒙眬地怀念着逝去的时代

饥饿的时候
赶来一桌白银似的羊群
让牧人漠月大快朵颐

我窥视着一枚贺兰石
上面显着李元昊的头骨
和一个女子梦境里的歌声

这是在银川的一次小小遭遇
放眼望去
街上有三个摇摇晃晃的人

后记

　　突然记起俄罗斯诗人曼德尔施塔姆说过："黄金在天上舞蹈，命令我歌唱。"我所能歌唱的是那些山沟沟里的生离死别，唱词是酸掉牙的小令，调调是野曲，它与金碧辉煌的音乐厅传达的声音截然不同，这种声音所要反对的就是那种声音。

　　微笑的野蛮站在道貌岸然的讲台上说：我来了，我又去了。

　　这不是野狐禅，是一个自证者的辩解词。

　　勃拉姆斯在给出版商的一封信中这样说道："你必须在封面上画上一幅画：一个用手枪对准的头，这样你可以形成一个音乐观念。"

　　我瞄准自己。

　　好了，我是一个诗人，我写下的是我在这个时代的投名状。

　　我在奔向前方的路上。

　　行者的口袋里，装着一册另类的山河。

单永珍

2018 年 7 月 16 日于古原州

图书在版编目（CIP）数据

篝火人间 / 单永珍著. -- 北京：作家出版社，2018.10
（文学宁夏丛书）
ISBN 978-7-5212-0175-8

Ⅰ. ①篝… Ⅱ. ①单… Ⅲ. ①诗集–中国–当代
Ⅳ. ①I227

中国版本图书馆CIP数据核字（2018）第197590号

篝火人间

作　　者：单永珍
责任编辑：周　茹
装帧设计：意匠文化·丁奔亮
出版发行：作家出版社
社　　址：北京农展馆南里10号　　　　邮　　编：100125
电话传真：86-10-65930756（出版发行部）
　　　　　86-10-65004079（总编室）
　　　　　86-10-65015116（邮购部）
E-mail:zuojia@zuojia.net.cn
http://www.haozuojia.com（作家在线）
印　　刷：三河市北燕印装有限公司
成品尺寸：152×230
字　　数：131千
印　　张：17.75
版　　次：2018年10月第1版
印　　次：2018年10月第1次印刷
ISBN 978-7-5212-0175-8
定　　价：36.00元

"文学宁夏" 丛书书目